腾飞协奏曲
——新时代新工业诗选

李少君 主编

时代出版传媒股份有限公司
安徽文艺出版社

图书在版编目（CIP）数据

腾飞协奏曲：新时代新工业诗选 / 李少君主编. -- 合肥：安徽文艺出版社, 2024. 9. -- ISBN 978-7-5396-8113-9

Ⅰ . I227

中国国家版本馆 CIP 数据核字第 2024WY1337 号

出 版 人：姚　巍
责任编辑：宋潇婧　　　　装帧设计：鸿儒文轩·末末美书

出版发行：安徽文艺出版社　　www.awpub.com
地　　址：合肥市翡翠路 1118 号　邮政编码：230071
营 销 部：(0551) 63533889
印　　制：三河市华东印刷有限公司（010）61594404

开本：880×1230　1/32　印张：12　字数：256 千字
版次：2024 年 9 月第 1 版
印次：2024 年 9 月第 1 次印刷
定价：78.00 元

（如发现印装质量问题，影响阅读，请与出版社联系调换）
版权所有，侵权必究

目录

马行的诗

大风 \\ 002

我把地质勘探队带到天山顶上 \\ 002

勘探小站 \\ 003

哈浅 22 石油井 \\ 004

罗布泊记 \\ 004

乌鲁木齐机场送第 27 号女工 \\ 005

荒漠书 \\ 006

大风在克拉玛依 \\ 007

和布克赛尔小城以北 \\ 007

我们来到 A—5 号采油站 \\ 008

塔西南之恋 \\ 009

勘探车队过克拉玛依 \\ 010

无名沙山之上 \\ 011

那时的戈壁 \\ 012

勘探老工人胡老六 \\ 012

在大庆油田 \\ 013
在准噶尔腹地遇到人家 \\ 014
柴达木山上 \\ 015

温馨的诗

采场上，制作一个踏板 \\ 018
厂房里的向日葵 \\ 019
冬天，采场上的矿石 \\ 020
大架上的师兄 \\ 021
那条通往采场的路 \\ 022
爬大架 \\ 022
胶皮的锋芒 \\ 023
采场上的菊花 \\ 024
掘断螺丝 \\ 025
师傅 \\ 026
大架上，他们说我像一枚粽子 \\ 027
采场上，掘断裂的轴 \\ 028
厂房里的葫芦 \\ 029
采场上，我用一块矿石敲击另一块矿石 \\ 030
我想送你一块矿石 \\ 031

王二冬的诗

中国快递员 \\ 034
春风吻过的快件 \\ 035
星星 \\ 037

快递宣言 \\ 038

八月的最后一个夜晚 \\ 039

快件就在那里，它不说话 \\ 040

签收 \\ 042

分拣女工 \\ 043

奔跑者之歌 \\ 044

薄暮的诗

谁发现了铁 \\ 050

焦炭 \\ 051

高炉炼铁 \\ 052

起飞 \\ 053

炼钢 \\ 054

在热轧车间 \\ 055

钢铁工厂 \\ 056

一块铁 \\ 057

废钢 \\ 058

磨刀石 \\ 059

冶铁者 \\ 060

宁明的诗

祖国的位置 \\ 064

领跑者 \\ 065

加速 China\\ 066

水天间的舞者 \\ 067

空中胖妞 \\ 068

谁主沉浮 \\ 070

隐身者 \\ 071

腾飞 \\ 072

带刀侍卫 \\ 073

最高的家园 \\ 074

海底神探 \\ 075

造岛神器 \\ 077

天地神通 \\ 078

巨龙腾飞 \\ 080

实力答卷 \\ 081

中国的臂力 \\ 082

人造太阳 \\ 084

掘进的中国 \\ 085

杀手锏 \\ 086

两栖攻击 \\ 087

一闪而过 \\ 089

巴音博罗的诗

矿山 \\ 092

在大孤山铁矿 \\ 093

分开 \\ 094

火焰是我们永久安歇的房间 \\ 094

我们在黑铁上相互遇见并认出 \\ 095

炼钢厂上空的月亮 \\ 096

致一双被磨烂的手套 \\ 097

　　一块铁走在我前面 \\ 098

　　铁在语言中是黑色的 \\ 099

　　夜晚的炼钢厂 \\ 100

　　炼钢厂是一小块折叠的田野 \\ 101

　　黑铁 \\ 102

　　那令人神往的光辉和美是炼钢厂 \\ 103

汪峰的诗

　　探矿 \\ 106

　　高原种石头的人 \\ 107

　　挖矿 \\ 107

　　矿石的荒野 \\ 108

　　矿工是一群羊 \\ 109

　　冶炼 \\ 109

　　铁 \\ 111

　　熔炉 \\ 112

　　冶炼分离线 \\ 113

邵悦的诗

　　每一块煤，都含有灯火通明的祖国 \\ 116

　　为祖国燃出一小块红红火火 \\ 117

　　煤，是一种深度 \\ 118

　　煤，际遇铁 \\ 119

　　在张双楼煤矿下井 \\ 120

数字矿山 \\ 121

数字之手 \\ 122

互联网的煤 \\ 123

智能开采 \\ 124

井下无人区 \\ 125

向煤发出一枚指令 \\ 126

从手机入井 \\ 127

井下机器人 \\ 128

龙小龙的诗

高纯晶硅 \\ 132

有一种建筑叫作还原炉 \\ 133

高高矗立的精馏塔 \\ 133

高纯晶硅硅棒 \\ 134

后处理 \\ 135

还原 \\ 136

再写还原炉 \\ 137

系列 \\ 138

追光者 \\ 139

炉火 \\ 141

单晶拉制 \\ 142

巡检工人 \\ 143

熔炼 \\ 144

聚合车间 \\ 145

严建文的诗

　　万吨压机上梁之日 \\ 148

　　液压机 \\ 148

　　壬寅夏日记 \\ 149

　　二月的思念 \\ 150

　　我的机床，女战神 \\ 151

　　氢，新能源时代 \\ 153

　　铸钢件 \\ 154

申广志的诗

　　第九个黑洞，是黎明 \\ 156

　　唯有雨水，能够拧开戈壁的季节 \\ 157

　　追溯沙漠气田 \\ 158

　　克拉玛依一号井 \\ 159

　　白碱滩·斜树林 \\ 161

　　因为，短信里听不见哭声 \\ 162

　　大泽 \\ 163

　　101窑洞，燃泪的瞩望 \\ 164

　　百里油区 \\ 166

　　头盔里的春天 \\ 167

　　夜莺，刺绣风城油田 \\ 168

　　向东站 \\ 169

许敏的诗

　　路过赤峰阿鲁科尔沁旗的一处建筑工地 \\ 172

海上钢城 \\ 173

晚归的女工 \\ 175

凝视一台数控机床 \\ 176

致中国高铁梦工厂 \\ 178

工业舞者：机器人之歌 \\ 180

第广龙的诗

超深井 \\ 184

无人值守 \\ 185

可燃冰 \\ 186

长输管道 \\ 187

控制中心 \\ 189

石油绿洲 \\ 190

一个地质专家 \\ 191

海外"油子" \\ 193

沙漠钻塔 \\ 194

黄土大原石油歌 \\ 195

深夜的鲸群 \\ 197

看井 \\ 198

沙漠车 \\ 199

周启垠的诗

在大采高下听割煤的声音 \\ 202

下井 \\ 202

在黑煤中 \\ 203

允许阳光倾斜 \\ 205

抛起来的煤块 \\ 206

站在高原的土坡 \\ 207

出井 \\ 208

一块煤的黑如此金贵 \\ 208

早班出发 \\ 209

检修时间 \\ 210

穿越煤坑 \\ 211

崔完生的诗

勘探 \\ 214

烃源岩 \\ 215

圈闭 \\ 216

油井 \\ 217

构造图 \\ 218

页岩油 \\ 219

天然气 \\ 220

巡线工 \\ 221

群山间的油井 \\ 223

沙漠中的勘探者 \\ 224

采油女工 \\ 225

女子采油队 \\ 226

李长瑜的诗

纳米 \\ 230

工业母机 \\ 231

数字脚环 \\ 232

时间像一根刺 \\ 233

桃花开在左臂 \\ 234

量子 \\ 235

云非云 \\ 236

不仅是 \\ 236

劳动节 \\ 237

黑洞诗学 \\ 239

戈壁的片刻时光 \\ 239

雪山之下 \\ 240

李训喜的诗

三峡大坝 \\ 244

南水北调穿黄工程 \\ 246

引汉济渭秦岭输水隧洞 \\ 248

无人机巡河 \\ 249

数字孪生大坝 \\ 251

数字孪生水网 \\ 252

佛子岭水库 \\ 253

淠史杭灌区 \\ 254

王学芯的诗

新工业概念 \\ 256

蓝调时光 \\ 257

两千二百二十一句耳语 \\ 258

云工厂 \\ 259

蓝图 \\ 260

内部源 \\ 261

元宇宙 \\ 263

工业中心 \\ 264

精密 \\ 265

芯片 \\ 266

马飚的诗

一块发芽的生铁 \\ 270

我从不区分采场和母亲 \\ 271

塔磨机值守 \\ 272

女地质工 \\ 274

除尘女工 \\ 276

绘制等高线 \\ 277

女天车工的神圣 \\ 279

磨选工，一家的光芒 \\ 280

大工业总是矗立着 \\ 282

梁尔源的诗

加速器 \\ 286

流星中子雨 \\ 287

从不豢养神枪手的靶 \\ 288

磁场 \\ 289

挖掘机指数 \\ 290

　　起重机的行为艺术 \\ 291

　　智能黑灯车间 \\ 292

　　祖国的眼神 \\ 293

　　高铁协奏曲 \\ 294

　　我的意象中夹着一台盾构机 \\ 296

　　株洲动力谷抒怀 \\ 297

齐冬平的诗

　　降，一个鲜活的动词 \\ 300

　　第一桩 \\ 301

　　距离 \\ 302

　　一束光 \\ 303

　　沸腾 \\ 304

　　新时代青春之歌 \\ 305

吴才华的诗

　　城市之光 \\ 310

　　在集成电路上快马加鞭 \\ 311

　　增长极 \\ 312

　　工业母机 \\ 314

　　一粒电子的振荡 \\ 315

罗鹿鸣的诗

　　愿东莞，万物各得其所 \\ 318

蝶变：工程机械之都 \\ 319
磁悬浮列车，浮在城市之上 \\ 320
吊塔之问 \\ 321
黄花机场，天路四通八达 \\ 322
汽车站，出发与抵达 \\ 324

漆宇勤的诗

吃煤的人 \\ 328
挖掘 \\ 329
汽车配件工厂 \\ 330
在物流园 \\ 331
借风的年轻人 \\ 332
印制线路板 \\ 333
叮当作响 \\ 334

张怀帆的诗

塔克拉玛干 \\ 336
到库车 \\ 338
钢板飞机跑道 \\ 339
沙漠公路 \\ 340
地宝 \\ 341
自动驾驶汽车 \\ 342

孙方杰的诗

搬着一块钢铁上火车 \\ 346

如果 \\ 347

夹缝 \\ 347

与钢铁一同老去 \\ 348

夜班素描 \\ 349

咏君的诗

到工厂去 \\ 354

我用活着来替代形容和比喻 \\ 355

在工厂,我只是众多机器中的一款 \\ 356

他们也有自己的名字 \\ 357

干工程的都知道 \\ 359

胡金华的诗

乡音惊起的西部小镇 \\ 362

寂寞是被烟熏出的 \\ 363

大漠里的农民工 \\ 363

站在西部的风中 \\ 364

马行的诗

马行，生于山东，毕业于南京大学，曾参加《诗刊》社第17届"青春诗会"。2004年加入中国作协，中国作协十代会代表，中国石化作协副主席，SGC2017勘探队名誉职工、驻队作家。著有《无人区》《地平线上的卡车》《地球的工号》等。作品获第四、五届中华宝石文学奖，第三、四、五届中华铁人文学奖，第二届山东省泰山文艺奖（文学创作奖）等。

大风

塔里木,大风分两路
一路吹我
另一路跃过轮台,吹天下黄沙

我把地质勘探队带到天山顶上

桩号旗,枯草,仿佛接到了密令
开始随着风摇曳

大地深处最隐秘的表情,浅灰色的勘探地震波
在计算机屏幕上,渐次显现

莫说地学假设,莫说外星生命
也莫说沧海桑田,考证中的造山运动

当我在山顶上发呆的时候,似乎真的可以看到亿万年前
的远古海水,再次慢慢地涌来

人类与众生,还要走多久多远
才能找到时间之源,以及宇宙之故乡?

而现在，我能够做的，只是把一支地质勘探队
带到天山顶上

勘探小站

方圆三百里，仅有的两栋铁皮房子多么安静
仪器车上的天线多么安静

冬去春来，当鹰飞远
小站四周的骆驼刺自会悄悄地开花

小站，小小的勘探小站
能够放慢脚步
当一名勘探工人也好

小站，小站，一个人在小站上生活久了
自会习惯与孤独打交道
自会用孤独
把一个地球轻轻转动

哈浅 22 石油井

想调离的,就让他调离吧
应该留下的,自会把哈浅 22 石油井当作永远的家

这么多年,井中褐黑的石油流淌
井口四周,东西南北方圆八九十里
全是彩色的石头

金丝玉,玛瑙,彩泥石
就像诸多生命场中的我们
都是内含孤寂与梦想的彩色小石头
有名无名的孤单小石头

你看哈浅 22 石油井的那位女工
她真是幸福,她无论坐着站着,还是一个人独自走着
所有彩石
都在为她闪闪发光

罗布泊记

大风累了,沙石老了

不见前生，也无来世。大凡来这儿的
我都认识
要么是我的勘探队兄弟，要么就是急于找到水源的
野骆驼

这儿没有任何退路
请你不要学我，把整个俗世都弄丢

这儿的云朵和晚霞，大都迷失了方向
也请你不要来看我

这儿啊，我和那亮闪闪的钾盐，其实都是宇宙之神的
咒语，泪花

乌鲁木齐机场送第 27 号女工

木垒黑戈壁远了
准噶尔 103 号测线远了
勘探队，戈壁滩上的青春
小石头一样坚硬
候机楼前，她停住轮椅，转身投来的眼神
多么忧郁

乌鲁木齐在下雪
雪花落在她的脸颊，落在淡蓝色发夹上
而风，在吹雪花

荒漠书

几十年了，有一个大漠
还有一个戈壁，悄悄住进了我的身体

当我行走在大街上
极少有人知道
有些时候，大漠和戈壁与我的方向并不一致

我若孤独
必是大漠卷起了沙暴
我若走投无路
肯定是戈壁遇到了断崖

还好，每当风和日丽
天也就蓝了，也就空了

我不停地走啊，我在荒漠与俗世之间
空旷又虚无

大风在克拉玛依

大风在走,大风在大风中消逝
又在大风中活着

有的,缩进黄沙
有的,野兔一样伏在梭梭草根部
有的,躲到月亮上去了
有的,山口奔窜

大风就是克拉玛依
大风可不仅仅是为了活着啊

从下午开始
有一小股陌生的大风,在勘探队驻地大院的
旗杆上
使劲地,吹动一面
红旗

和布克赛尔小城以北

和布克赛尔小城以北

有一棵胡杨树

这么多年了,我在西部
总能看到一棵或几棵,北极星一样孤单的树

下午时分,我把勘探队的
蓝色卡车
停在了胡杨树下

不经意发现,二三十公里外,停着的一长列青黛色大山
火车一样
可能也会开走

我们来到A—5号采油站

A—5号采油站
在渤海湾畔,荒野一样空寂

年轻的采油站长名叫江春花
在她的指令下
A—5号采油站黑黑的石油
沿着管线一路向南

"这儿属于地质上的燕子岭隆起

地下原油已不年轻,全都过亿岁了"

那天,江春花在讲解
铁皮房子前
一台橘色抽油机,真是温顺,一如与世无争的长颈鹿
自在,又悠闲

塔西南之恋

塔西南的驻地很远
很远的地方名叫奎依巴格
奎依巴格是昆仑山下的一个小镇
小镇背影是轻轻飘走的苇花

塔西南的天空很高
很高的天空下有一个她
她就是油气工程师阿依努尔
就是资料员王芳,就是技术员胡晓花

塔西南的油井很多
气井很多,宝石也很多
塔西南是拉油的罐车在路上
塔西南是天然气在管线中痴情穿行

如今，塔西南不仅仅是油气田
塔西南是月亮上下雪了
塔西南是胡杨树的枝叶哗啦啦地响
是隔世的风儿，吹动一个淡蓝色的梦
也吹动她的长发

勘探车队过克拉玛依

嗨，再向前
就是传说中的克拉玛依

车窗外，抽油机
金丝玉
大都还在

天凉。孤独
也很凉

孤独其实是一只受伤的
金色黄羊

卡车啊，卡车
请慢点，请再小心点啊，尽量不要碾压戈壁滩上的
月光

无名沙山之上

我把卡车往塔克拉玛干的一座沙山上开

沙山脚下,手机不通
到了沙山半腰,手机依然不通
上行,临近一棵胡杨树时
突然有了信号

继续上行,却没了信号
至山顶,驾驶卡车转向下行
临近这一棵胡杨树时,就像临近秘密天线
手机又可打电话了

下行,离开这棵胡杨树
仅仅两米
手机信号,仿佛一个人走失在人海
突然又不见了

哦,这一棵天生天长的胡杨树,居然并不站在沙山顶上
枝上挂着的
只是几片小黄叶

那时的戈壁

那时,戈壁无边
戈壁上的小石头特别多

戈壁上有个勘探基地
有越野卡车,有葡萄园,还有老人和小孩

在那儿,我上班,跑步,骑摩托车
小石头们,则或坐,或卧

在那儿,也不知为什么
梦特别多

夜深了,我睡不着,小石头们也睡不着
我就弹吉他给它们听

勘探老工人胡老六

勘探队驻地,望不到边的戈壁滩上
有一棵树,一棵老榆树

胡老六啊,夏天在老榆树下乘凉
冬天背靠着老榆树晒太阳

风起的时候,老榆树的叶子一片片地落
胡老六的胡子一颤一颤的

没人说得清,他是一棵老榆树
还是老榆树本身就是他

老榆树越来越老,他也越来越老
老榆树一动不动,他也不动

他和老榆树,似乎都要
睡着了

在大庆油田

松嫩平原,大庆油田的钻井架上
一角彩云
向左,再向右

那一角彩云多么亮丽
仿佛一面旗帜
仿佛纷飞的思绪

那是钻井工，这是采油工
那是运油的卡车，这是铁人王进喜
那是石油之都
这是多少人的工业故乡

身边的风，大起来
又小了些
可那一角彩云，不知为什么，居然不再呼啦啦吹刮
只轻轻招展

在准噶尔腹地遇到人家

准噶尔的腹地，几近无人区
当然也没有路，还好，我们地质勘探队的人
已习惯了这样的荒凉
走着走着，如果平坦坦的戈壁上
突然有了绿色隆起
那肯定是树，而树的数量大都
只有一棵或两棵
走近了，那树下肯定有水
有泉。而泉水一旁，总是会有两间土房子
土房子往往柴门虚掩
我不知道里面住的是牧人、隐士还是神仙

而窗台上,必定会有一盆或两盆
正在盛开的鲜花

柴达木山上

一觉醒来,柴达木山上居然下雪了

雪不算厚,但也不薄
像一缕缕白云,像夏天的
一个个梦境

再看,勘探队似乎不再是昨天的勘探队
卡车也似乎不再是昨天的卡车

帐篷门口,新捡的一块戈壁石
好像也变了
昨天它还像一头小羊。此刻,无论从哪个角度看
都像骆驼

其实我也已不是昨天的我
伸一下懒腰,我居然感到了
久违的轻

温馨的诗

温馨,笔名月光雨荷,女,1977年生于四川南充。在《诗刊》《星星》《中国诗歌》《绿风》《诗潮》《诗选刊》《草堂》等刊物发表诗歌。作品入选多个选本,著有诗集《采石场》。

采场上，制作一个踏板

沟渠，又深又窄
风，一再地穿过沟底

抬槽钢，割钢筋，弯一个漂亮的弧度
翻动沟渠里的砾石，去掉一株草
一片叶的罗曼史

可以焊接了
同事说，温馨，下到壕沟里去
沟里，只有工具和我自己

石头、泥土是有锋芒的
站、坐、蹲、跪，都不行的话
躺下，就是坦途

举起右手，焊把及焊把线
是我新栽的一棵树，整个下午
我都仰望着：一树繁花

厂房里的向日葵

我从枯萎的光明中,抬起头来
向日葵就开花了

它身体扭曲,而向着太阳的脸
金黄、纯净
我不知道
在铁与石、火与泥之间,它是怎样的挣扎
我毫不犹豫移除了它身上的钢丝绳

我的手上沾满油污、泥尘
向日葵的花盘依旧洁净如洗
我可以用它叛逆执拗的火焰
沸腾我的血液,在钢铁之上
铺一方锦瑟年华

从冰冷到热烈,一朵花自有它的肯定
它不紧不慢,移动花盘,生长稚嫩坚硬的果实
阴影里,也带着
光明所密布的希望

而我与它的和弦,就是努力追着太阳

把灿烂拉长,增重

冬天,采场上的矿石

冬天的采场
石缝里的芭茅草、电杆上的乌鸦都在寒风中
发抖

只有矿石始终沉默
不遮风,也不御寒,众生沉浮
际遇明明暗暗

采场上的我
也是矿山一块不合格的石头,风一吹
小野心就动一下

就像一块矿石
撞碎另一块矿石的时候,断裂的部分
有均匀细致的纹路

那些碎石子
就是盘坐在矿山的苦行僧,是我内心的流淌小溪
除尘或净心,为我

大架上的师兄

渐渐变小
小成一只小鸟

天空旋转着
太阳,一张金色的蛛网
我仰望鸟深陷其中,进与退
都危险重重

没有谁能禁锢
生命的自由翱翔,大架上
焊花飞溅出
翅膀的光

一个矿工在风雨中
滚爬了多少年,才能从汗水和油污里
像大架上淡定走下的师兄
油画般的质感
拙朴而厚重

那条通往采场的路

从蹦蹦跳跳到气喘吁吁
路,分明是活的

一个胸中有路的人,才能阔步向前
才能在转身之间,瞥见命运的正反面

我的身体里流淌着路,多么美妙
工友说我是一个得了妄想症的矿石

山长水远,路还在脚下延伸
我还在那条通往采场的路上

不长,不短,不宽,不窄,正好可以丈量
——我,采矿女工的一生

爬大架

垂直的钢铁大架
路在脚下悬着,工友在前面
我紧跟其后,爬,爬,爬

生命有了高度

尘埃里混迹太久
劳保鞋上，工作服上的粉尘、泥土
沙沙沙……往下掉，仿佛岁月的污垢
肆无忌惮

风越来越大
大架有些摇晃，每前进一步，背后
就有工具的手掌，敲打我的脊梁骨
人生过半，负重前行，一只手托举起了
自己的苍穹

踩疼了什么似的
工友啊的一声，我便停了下来
放下手中的焊把，挂好安全带，这半空
尘埃之上，只需张开手臂，喊一声
就到处都是翅膀

胶皮的锋芒

血，从手指上冒了出来
胶皮的边缘
依然柔钝，顺滑

被世界忽略了的
一定，一定会在

某个时刻，突然露出锋芒——

她里面的辽阔，不容再被践踏

采场上的菊花

不是野生的，我栽种的菊
浅黄色的花蕾，斜倚着太阳
一朵羸弱的小芬芳

卸下了尘世的负累
云朵给它洒了点雨水，劫后余生

它真实地呈现眼前，属于今天的
当高山退出峻岭，河流止于淤泥

一株菊的酒杯举起，高出
冬日的采场三寸

掏断螺丝

这颗螺丝
选择宁折不弯,把自己
锁死在基座上,堵死了
贸然闯入的人

电钻,砂轮,锉刀,手锤,扁铲……
工友用尽所有方法,断螺丝依然纹丝不动

就像对待某个人,你得让它自己放弃执念
愿意跟你一圈一圈转
然后走出来,你得有耐心
不急,不躁,让它知道,所有人
都没有抛弃它

焊花四溅
隐藏在黑暗深处的怀旧情怀被我牵引了出来
纠缠于电光火石之中
断螺丝在动,一圈一圈地跟我走

像牵住了什么人的鼻子
想到断螺丝被掏出来,就会被丢弃

我忽然有深深的内疚感

师傅

师傅不爱说话
却喜欢大声责骂我
学徒期间
他背着工具包在前面走
我就默默地跟在他的身后
他边焊边讲解
我就默默地背诵牢记
鉴于我特殊的运条方法——横行霸道
他气得直跺脚
但最多惩罚我多割几块铁板
然后焊上，再割开，再焊上
师傅偶尔也会和我探讨焊接技术
说说焊缝的材质
说说火焰的性质
说说钢与铁摩擦，排斥，妥协
最后与人互相感知的默契
前段时间，师傅摔了一跤
右半边瘫痪，我给他按摩脚
他想抽回却始终动不了

我给他讲班组发生的事
他张着嘴，却没有发出一个音
今天，我又去了医院
并带上了他最爱的割枪
我放在他的手上，腿上，胸前
我想用割枪割开他身上所有的病痛
让他从病房里面走出来
就像 20 年前，他在前面走
我在后面默默地跟着

大架上，他们说我像一枚粽子

工作服包裹着我
的确像一片柔软的粽叶

大架上，缺了一颗牙的齿条，开口
告诉我包一枚粽子的细节与开端

夏风，慢慢卷起粽叶
前后左右的旋转，阳光三钱，油污六钱，粉尘二两
而长长的安全带，就是一根丝线
裹紧一枚粽子的前世今生

风不停地淘洗着湛蓝的天空

大架上,粽子不停地摆动
工友却不断地变幻着神色

一根焊条,两根焊条……
当体内的汗水,汹涌而出
活泛成一勺,一瓢,一桶水时

采场这口大锅,沸腾了

采场上,掏断裂的轴

刨开表面上的粗粝
矿石内部,柔软,仿佛我的心
被命运不断改写,而变得淡然,温顺

身子紧贴地面,缓缓爬进电铲的心脏
相处久了,我搭手就触摸到它的疼痛
以及隐藏在骨骼里的暗疾

点燃割枪。中性焰。
内焰摄氏2000度。
擦了擦表面的粉尘和油污,我毫不犹豫地
对准那断裂喊疼的部位……

整整一天,我神情专注,紧张
在丝丝呻吟声中,汗水不停地滴落
清洗着它每一寸肌肤、骨头和神经

也清洗着我,一个采场女工的
胆怯和内疚。以及
一块块被命运搬运的矿石

厂房里的葫芦

一根藤上的两个瓜
在厂房的狭缝中长大,泾渭分明
有了上下之分

值班室内,有人在填写实名制调查
有人在谈论买断、内退、抽调
有人在讨论那两个葫芦
确实是一公一母

它就在厂房的大门口晃荡
就像今天,抓阄
抓中的人,不高兴,踢它一脚
没抓中的人,高兴,也踢它一脚

自始至终，葫芦都是沉闷着的
人生过半，一些东西沉入葫芦底
接近黑夜的肉身
一些东西又浮了上来
接近光的源质
中间的小孔，经年的分界线
也吊在了半空

采场上，我用一块矿石敲击另一块矿石

前面是矿石，后面是矿石
漆黑的采场，一只脚陷下去，另一只脚
跟着陷下去

一束瘦弱的月光，消失在寂静里
就这样追撵着，没有方向
此时，我需要两块矿石，需要它们相遇
需要它们撞出火花

咚咚，这采场深处的击鼓
刺破了无边的苍茫，回声嘹亮、辽阔
细碎的石子，哗哗地跌落，微弱的火花
散开又聚拢，聚拢又散开
这多像你的样子

我走得气喘吁吁，心跳的撞击起伏有致
矿石，黑暗，文字，思想
厚厚的采场，一部生命之史书
我感恩一路摘落的点点星光，一颗颗碎石子
陪我劈开了心野里陡峭的险峰

我想送你一块矿石

与矿石互换
把它握在手心，抓紧

一团火灼烫的气息里
粉尘、脂粉、隐忍、牵绊的味道
这些都和我有关

从矿石到铁块，从厨房用具
到飞机火箭的备件，多少次脱胎换骨
意识从无到有，哲学的藤蔓上
挂着的花朵
或火焰

我身体里的风情，隐喻，暗示
一首我尚未定稿的诗篇，我的血液在石头里

日夜地奔跑

现在，我捧给你

王二冬的诗

　　王二冬，男，1990年生于山东无棣，中国作协会员，新工业诗人，山东省作协签约作家，快递行业从业者。参加《诗刊》社第36届"青春诗会"，著有诗集《快递中国》《东河西营》《该怎样将一个快件递给你》等。

中国快递员

他们的名字
值得站在一首诗的顶峰
感受高处的雪和阳光
包裹正抓着一丝亮
向上攀登

这是用快件堆起的山
他们独自上山、下山
又在深夜把最后一块石头
刨掉,沉睡中
他们绷紧的身体
才会跌落进溪谷

梦中,他们仍一遍遍
念着别人的名字
却从未提起自己叫什么
如果年轻,就被称为快递小哥
如果脚步渐缓
就被喊作老张、老王

——无名之辈

我们身边最熟悉的人
如果一个快件高半米
一个快递员每天配送一百五十件
每年就可以堆起三座珠穆朗玛峰的高度
他们的名字值得被刻在上面

因此，我从不吝惜
把最大的词用在最普通的人身上
他们默默做着最微小的事
很少被夸赞，更不会自夸
他们的习以为常
在日复一日的奔波中
已足够伟大

春风吻过的快件

春风是时光的快递员，谁在寄出
谁又在签收。燕子解开黑色的绳索
鸽哨声叩响门扉，轻读着问候与召唤
快件一层层打开春天
山河转身，一年之计从此开始

每一个快件都被春风吹出声响
田野与广场上，放学的红领巾嬉闹

录取通知书闪着光，写满未来的畅想
是风插上翅膀，给每一份追逐以可能
我奔跑着，脚下生风，飞起来
把承载喜悦和热爱的快件送进寻常百姓家

春雨是天空送给大地的快件，谁在运输
谁又在配送。流水不腐，大海也不是终点
我看到，青青麦苗正在山河中
郁郁葱葱，没有一棵垂下头来
这昂扬的春天，已张开巨大的怀抱

你我青春的步伐正踏在新时代的脉搏中
大浪淘沙，岁月一次次将我们分拨
从未拒收的祖国，足以成为我们奋斗的
唯一理由，是的，这些爱与力量
让我们有勇气成为你坦然接收的礼物

春光照进每一个快件，谁在书写
谁又在见证。梦想和贡献不应分大小
所有日夜兼程的追逐都值得尊重，让我们
在这春日，把每一个普通人的生活装进包裹
当你打开，必会有一缕春风涌出
用奔跑的方式，一次次刷新着世界

星星

他是一粒沙,与无数粒沙一起
在西北巴丹吉林沙漠腹地翻涌着
风很急,道路却漫长
等待签收的人很急,夜色在如水的
凉意中,天地安静下来
他也很急,黎明即将唤醒新的一天
又要往他的心里添几把火
星星不急,时隐时现
——这宇宙中最为巨大的沙粒
早已看清一切:雨水、植被、月光
火箭升空后留下的灰烬、酒后的泪痕
快递小哥的身体和怀中的包裹……
万物愈严实,愈透明;愈透明,则愈缓慢
有些快件,注定无人签收
有些事情,注定急速不得
比如一个孩子学会说话而后懂得保守秘密
比如一封情书从起笔到结束
比如从一个人变成一颗星
而后把一生积攒的光均匀地洒在
每一个正在仰望的人的身上

快递宣言

一个个快件如横平竖直的汉字
用每一次穿越山河与风雨的抵达
在九百六十万平方公里的土地上
书写着新时代的速度和温度

快递抵达的地方，正是我的中国
比如三沙，蓝色的大海是最好的
分拣中心，海浪举着包裹
跟永兴岛一起守卫我们的南海
比如漠河，极光是大自然制造的
扫描仪，检验着劳动者的努力
也细数着来自五湖四海的祝福

快递抵达的地方，就是我的中国

就算每一次运输都要与死神交锋
像没有翅膀的鸟飞在云端
那就用骨头对抗风搅雪沙尘暴
也要让老虎闭嘴让石门打开
让招手的小鬼躲进弯道和绝壁深处

我的亲人在更远的地方等待
他们等待的地方就是我的祖国
每一次在异国他乡思念,我就把思念
填进包裹,当无数个夜晚跨越千山万水
抵达,像一片被蓝天签收的云彩
在祖国的怀抱中满含热泪

八月的最后一个夜晚

八月的最后一个夜晚,王志国
瘫坐在临近站点的街边,空瘪着肚子
像一个被人拆完后随意丢弃的包裹
手中的烟,不断含在嘴唇,又夹上耳朵
天上的火已失去点燃大地的冲动
他盯着不远处的商品房,明天将要封顶
"封顶大吉",他默默祝福着
突然想起东河西营的老房子,今夏雨水多
老母亲还一人住在里面,年轻时
落下的腰椎病,连阴天就疼痛难忍
若是雨滴穿过屋顶砸在老母亲身上
他的天还不得被砸出窟窿……
他不敢再想下去,在八月的最后一个夜晚
他没有休息一天,31 天,434 个小时
5890 个快件,银行卡显示到账 9760 元

房租900元、饮食700元，剩8160元
昨天中午，他还花160块钱请合租的兄弟
吃了顿饭，他们在一起送了三年快递
那个兄弟说他坚持不住了，要回老家
他没有劝他留下，在他背包里悄悄塞了1000块钱
最后的7000块，在八月的最后一个夜晚
轻盈又沉重起来：大儿子明天要到城里上初中
妻子的工作还未解决，岳父中秋节生日
老两口虽然从没说过什么，可他心里都清楚……
他抱着脑袋，听到肚子在打鼓
站长说，从九月一日开始，总部要涨一毛钱派送费
每天可以多挣15块钱
对面的三十一层高楼，明年春天的夜晚
将是万家灯火，他心想，天亮要跟站长主动申请
负责此小区的揽派，新的产粮区，他有的是力气
想到这里，他站起来，摸着满腿被蚊子
叮起的包，像抚摸不足三公斤重的快件
少数人的疼，挠挠就好了，绝大多数人的疼
尤其是中年男人，他们藏在心里
用肩扛着、用手拽着，跟跟跄跄奔向前方

快件就在那里，它不说话

快件就在那里，它不说话

沉默着被标记、被追踪、被投放
或短暂消失于一段坏心情
它有眼睛，生长在六个方向
看得清世间纷扰，人情往来
也理解一个快递员三毛两毛的不易

天网、地网，终不过是生活的大网
从一点到另一点，沿途或有风景
多数时间来不及欣赏
快件就在那里，它没有翅膀
快递员也不会飞，从一春到另一春
千亿时代，每一步都灌满汗水

很多事物都不说话，比如石头
源自远古的山脉，心中却藏有佛
快件也不说话，它就在那里
直到被收件人打开，它才会张口
吐出老家味道，就是思乡的话
吐出新款玩具，就是宠爱的话
吐出柴米油盐，就是陪伴的话

它若开口，就一定不会藏着掖着
一肚子话全部抛出，像信笺在独白
风尘往事活起来，像春风漫卷
花朵大口大口开着，从不思考凋零

天地人世被打开的快件尽收眼底

签收

午后的马驹桥,物流车暂时安静下来
新工业时代的烟尘、雨水和风霜
落在女主人的餐桌上,印出快件的形状
门口的鞋柜靠墙,黄小胖盘卧着
像一大朵棉花,做着与世无争的梦
电梯门打开的一刻,它瞬时两目圆睁
起身,变成一头迅捷的斗牛
红、白、黑相间的快递工装
点燃它眼中的火与光,纵身一跃
还未等女主人伸手,黄小胖已探出右前爪
在收件人签名处,盖上无可替代的印章
快件上的尘土,有了花的形状,灵动起来
当黄小胖回到屋内,一道光消失于楼道
我仿佛看到,在这些快件运输、配送途中
曾有漫天的雪花、星光落在快递员肩头
它们陪伴或抚慰着每一颗奔波的灵魂
替今夜晚归的人签收

分拣女工

月亮升起于夜空，照耀着分拣场地
——这郊野的中心，在城市的睡眠中
忙碌如春耕。她站在操作台前
是众多女工中毫不起眼的一朵

扫描、转身、投篮筐、回位、扫描……
无数次重复同样的动作，已是第九年
她时常产生错觉：自己像一名舞者
千万个快件奔跑着来看她的演出
每一次俯身都是与观众互动

这样想时，她就会回到双腿直立的青春
那时的她是一名真正的舞者，是东河西营
最美的蝴蝶，时常落在一枚
绿色的邮包上，跳着倾诉爱情的舞蹈

砰——每一次都被同样的声响惊醒
一切都变成了至今没有寄出的信
她偶尔也会痛恨生活，快件
像一只只蚂蚁，挠着她的心
但当她看到那些不同的家庭地址

不同封装的包裹，她就平静下来

有女儿给父母寄的异乡风光
有妻子给丈夫编织的家庭温暖
有妈妈给新生儿购买的成长喜悦
她的三个身份就会逐一回到灵魂
生活的踏实赶走往日的悲伤
流水线上的快件依次赶来为她鼓掌
——这人生旅途中最美的舞者

奔跑者之歌

亲爱的快递员，当我写下你们的名字
我手中的笔变成来自天边的马匹
奔跑起来，墨滴变成横平竖直的快件
在生养我们的大地上洋洋洒洒地书写着
把奋斗者的梦想和平凡人的向往写进包裹
让新时代和每一个明天签收

当阳光借助风的力量，把快件打开
生活的期待与美好便涌现出来
这是你我之间的承诺——每一个
清晨，都要从你把快件交到我手上开始
哦，亲爱的快递小哥——

我要以青春或追梦的名义与你们一起奔跑

你们奔跑在街巷,点燃城市的热情
以时刻前进的姿势按下新经济的加速键
平衡着商品流通的速度与传递的温度
你们奔跑在乡村,不断磨合对立、填补沟壑
让每一份守望都不再遥远,每一个漂泊
都有线可牵,每一次遇见都期待下一次遇见

你们奔跑在山谷、河畔,奔跑在冰川、草原
你们奔跑在珠穆朗玛峰下
你们的高度就是中国快递的高度
你们奔跑在永兴岛,把快递的旗帜插在南海
你们奔跑在祖国的边陲,奔跑在异国他乡
——你们奔跑在每一个人民需要快递服务的地方

也许,你们一个人就是一座山、一个岛
一片湖,或是十几个只有老人和小孩的村庄
你们用星罗棋布的站点和五湖四海的包裹
把每一个人串联进时代的网络
把每一个人装进写给未来的书信
我可以从中读出一个个精彩绝伦的故事
我看到每一个包裹中都有一个中国

是的,这正是我们流动的中国

腾飞协奏曲

这正是我们奔跑的腾飞时代——
你们从虎符、驿站和孔子的大梦中走来
也从骆马湖、容奇港的百年风雨中走来
你们从信件、邮包和绿色的自行车走来
也从歌舞乡、富春江的多娇青山中走来

我听得见你们呼啸的奔跑声，那声响
是飞机穿越云端，把海洋洲际紧紧相连
是果蔬坐上高铁，枝头的露水打湿城市的桌角
是货车行驶在大路朝天、三轮车穿梭在街巷阡陌
打包美食、礼物甚至生活中的点点滴滴
在一次次运输和中转后把喜悦和祝福投递

谢谢你们，我最亲爱的快递小哥
你们已成为我们生活中的一部分
尤其是这个春天，我像渴望自由呼吸一样
渴望你们能再快一点，把生命的补给送到我身边
我知道，你们也会疲倦、恐惧甚至哭泣
你们也会怀疑这样的付出到底值不值

你们选择了继续并加速奔跑
让人间烟火气在下单和签收后一次次升起
你们参与着每个人的生活
柴米油盐、果蔬鱼肉、课本试卷……
就连那个走丢的小女孩，也是你们

把她送回了家，整座城市都信任和感激你们

谢谢你们，我最亲爱的快递小哥
从你们的背影中，我看到我们每一个人
都是今天寄往明天的包裹
每一次抵达都是新的出发
分拣中心的流水线不曾停歇
太阳在升起，我的祖国正在万丈光芒中
被数以亿计的快件簇拥着、欢呼着……

薄暮的诗

薄暮,河南商城人,企业职员。组诗见于《人民文学》《诗刊》《十月》《钟山》《星星诗刊》等,部分作品被《新华文摘》《诗选刊》《读者》转载,录入《九十年代短诗选》《2022中国年度诗歌》等多种选本,出版诗集《我热爱的人间》。

谁发现了铁

那块陨石
从天外来,刹那间照亮青铜时代
大地上跳跃,乱石上奔跑
发出从未有过的鸣响
是谁最先听见,伸开扭曲的手指

谁发现石中有铁
怎样将它呼唤出来,用什么
将它千锤百炼,锻打筋骨和寒光
然后,削铁
如泥

谁发现脚下有铁,从此不必仰望
星光。黑、灰、红、黄、绿的石头
敲出繁星、火焰、紫烟
开凿铁河,滚滚流过,浇铸岁月

谁发现我身体里的铁
熔化、提纯、精炼、轧制、淬火
从滚烫到安静,从粗粝到温和
从脆硬到坚韧,从热烈到沉默

谁发现了生命中的铁
不再是物质
信仰铁，磷火有金属之声
被生锈，也让人一眼认出
被折弯，呈现生命般的韧性
被一再投入炉火，因为
是铁

焦炭

所谓炼焦
就是让轻的走掉
让重的留下

看似燃烧，不是我所看到的燃烧
窑炉极度高温下，煤中的挥发物
尽数挥发

吸入空气，就烧成煤灰
隔绝空气，干燥，热解
再高温、黏结、固化
成为焦炭

简单得像一生，复杂得
像一次回头

高炉炼铁

黑灰、青灰、暗红、土黄
都不是本色，只是时间
赋予矿石的记忆

远渡重洋，跋山涉水
被破碎、被碾磨、被烧结
亿万年睁开睡眼
向天空奔跑的轰鸣

和黑色焦炭、白色石灰石一起
从炉顶涌入
与上冲喷射的热空气迎头相撞
爆裂、翻滚、升腾、坠落
烈焰中
从深处啄破，把自己啄破
血一样滴下来
滴下来——

真正的浴火重生

焦炭燃烧,生成一氧化碳
将铁矿石中的氧,夺出来
还原铁
石灰石将所有固体废物
变成炉渣
浮于铁水之上,去伪存真

赤金之河流淌着
四周呼啸、奔腾的,只是空气
铁,安静地走自己的路
温顺而坚定

起飞

终于看到向下流淌的烈火
热风扑面
突然长出双翅

随着金色溪水,使命般
寻找出口。一万次想象
光焰中重生,起飞的角度

一定会直直冲向天空吧
熔化纯净的蓝

黑色大地上，群星飞溅

多么笨拙的飞行
从不选择自由。每一次
从岩石破出，孤芳般的欢乐

炼钢

钢与铁，只是含碳量不同
坚韧与坚硬的区别
为何一靠近转炉，就想起干将镆铘

一炉钢不过四十分钟
何来百炼钢
如果只为除去硅硫磷一众杂质
纯铁更干净，几可绕指柔
钢是黑色金属，又不等于黑色金属
我站在这里，又不在这里
镆铘以己殉剑
干将该用怎样一副心肠
锻打爱人的魂魄

这一刻，再难分辨坚韧与坚硬
将生铁熔炼成钢，是一种工艺

对传说信以为真
是我从未治愈的天真

在热轧车间

卡其色工装、蓝色口罩
小雨中，他们站成一排等我
一一握手，冰凉。看不清
我热乎乎的手为他们制造的表情
走进四面钢铁的巨大厢体
一排轧机——这是他们告诉我的
吞下火红钢坯，剧烈震颤
反反复复，直到成为平板
滑到尽头，安静如一块冰
似乎从未经过烈焰和痛击

双眼再难离开
一块接一块涌来的方锭
每过一台轧机，靠近一次本色
从白得似乎透亮，到红得发紫
最后一片黑青
我在人群中被磋磨着，双颊发热
眼睛渐渐模糊，身体越来越薄
像一张桑皮纸，在钢铁工厂

怪异地飘动。告别时,他们
在中巴车外用力挥动手臂
把我扔回热风炉里

钢铁工厂

许多年,与无力感相互氧化
深夜听见锈迹疯长之声
没有疼痛,困倦和无助更具腐蚀性
像一块矿石,沉积在城市河床

此刻,铁水如同少年的小溪
一定清朗有声,只是在往事中
缄默流淌
高线仿佛母亲刚刚搓成的麻绳
用来编织信心
一方一方钢锭,石步一般
送理想过河而去

为何在钢铁工厂所有物质都是精神
一个生长形容词的地方
火红、炽热、坚硬、柔软、洪亮
无数动词副词由此派生
名词,只有一个——

力量

一块铁

一块铁被选中
用以打制一把菜刀

竟如此踌躇——
炼成碳钢、锰钢,还是花纹钢

碳钢易于磨利,锰钢韧性良好
花纹钢必须反复叠打、热锻、冷轧
大小颗粒的结晶体熔合
如流水,如彩云,如木纹,如寒菊

一把菜刀而已
所要制伏的至坚之物
不过一根棒骨

这块铁,从高炉中奔涌而出时
立志削铁如泥。单纯得只是一个
单原子分子

一把菜刀,执拗地面世

不能改变被设计的形态
心底完美的花纹
一再烫伤自己

废钢

同样烈焰焚身,同样千锤万击
处在边缘,则被裁去
谓之废钢

精炼、精轧、精选、精制
只要被一台机械剔除
即成废钢

岁月柔软地推倒自己
万丈高楼的筋骨,瓦砾中
矜持而倔强,也只是废钢

在世上出没,常常夹带杂质
还有非你所愿,镀上的镍铜锌铝
——清除

熔炼中吹以纯氧,脱碳脱硫脱磷
哪怕一千次托生,总有一部分

以废为名

磨刀石

早春二月，参加一个钢铁会议
突然想起老屋门后
那块磨刀石

我对钢铁的最初认识，来源于
一把生锈的柴刀或斧头
因之变得明亮、冷静、确切
令人信赖，又望而生畏

只是一小块褐红色砂岩。一面
凹陷、温和，与一切顿挫为敌
当刀口在拇指上果断发出
风雨之声，小心别在身后
与丛林商讨盈余的意义

钢价震荡不止。大家都试探着
与资本相互角力。如果我
带着这块磨刀石来到会场
一定能轻松算出
一棵还没发芽的麻栎树

倒下的速度

冶铁者

如果我仍是一位老师
在乡村学校，每天打磨
一颗颗顽石，让他们相信
自己是最好的矿藏
席地而坐，天空更近

那时我刚刚大学毕业，和他们一样
心中有铁，用各自的法术提炼
拒绝外力作用，寻找形而上的方式
发出不同声音，我们以为
变身新的金属，其实
只是氧化程度不等

如今在一座钢铁工厂
每天面对矿石焦炭、高炉转炉
把铁从亿万年的黑洞中叫出来
用最烈的火、最重的力、最细的心
让它们耐磨、耐候、耐腐蚀
板材长材型材，都不是纯粹的铁

与不同物质相处融洽
才能各安天命。算不上秘方
我却穷尽一生,没有克服排异性
一看到铁流呼啸而过
就热血沸腾

宁明的诗

宁明，原空军大校，特级飞行员。一级作家，中国作家协会会员，辽宁省作家协会第六届至八届签约作家。被评为辽宁省"最佳写书人"，获辽宁文学奖诗歌奖、散文奖，两届全国冰心散文奖，两届空军蓝天文艺创作奖。

祖国的位置
——致敬北斗三号

每一个心中有梦想的人
都渴望擦亮自己的眼睛
无论飞行的导弹，还是远航的舰船
抑或一场赴约的浪漫爱情
迷失方向，就意味着背弃出发的初衷

北斗开放的爱心对所有人免费
它能帮你找到近在咫尺的陌生朋友
也能为你校正稍微显露出来的急躁冒进
还能使你成为一个守时的人
在各种诚信的考验面前，决不差分毫

每一个后浪，都有居上的雄心
当新时代的大潮汹涌澎湃地奔来
每一座保守的浅礁终将被大浪淹没
没有水涨船高的眼界与驾驭本领
驶向彼岸的航船便会遭遇搁浅的命运

当北斗的"收官之星"终于定点成功
三十颗高悬在太空的明亮眼睛

把地球上的每个角落都纳入了关爱范围
我便有理由坚信，从此不再会
因别有用心的人制造一个"恶作剧"
而使人们在迷茫中找不到祖国的位置

领跑者
——致敬"复兴号"高铁列车

我永远不会忘记，那个惊心动魄的时刻
在郑徐高铁线上，对开的复兴号
以时速 420 公里擦肩而过的壮观情景
这次让世界惊呼的历史性交会
被光荣地镌刻在了 2016 年 7 月 15 日

我更会清晰地记得，在京沪高铁两端
那一对双向首发的复兴号列车
载着我的一路激动和世界关注的目光
率先实现了时速 350 公里的运营
再次把已抢先起跑的赛手甩在了身后

我还知道，中国的脚步已快速跑向了世界
只要地球上有铁路的地方，终将都会
闪耀着你风驰电掣的骄傲身影
欣赏到你卓尔不群的中华风采

你这个世界高铁赛道上的领跑者
一再以自己的惊人速度
跨越横在前方的一个个艰难的栏杆——
不仅自我设计延长了奔跑的寿命
还以骄人的身材，大大降低了人均能耗
每当我坐在宽敞、舒适的座位上
打开 WiFi 云游世界时，心中便会悄悄地
为你和祖国竖起大拇指

加速 China
——致敬 C919 大飞机

每当我和 C919 一起憋足全身的力气
以雷霆般的呼啸加速起飞
身后就会卷起一阵翻滚的气浪
直到跑道上再一次尘埃落定
惊恐的小草，才会重新站直倒伏的身姿

我沿着 C919 高昂的机头远眺
几代人的大飞机梦想已将航程照亮
加速，加速，C919 继续加速——
机舱内不仅安装着一百六十多个座椅
在我身后，还牢牢地安放着祖国的尊严

我透过鼻梁上那副潇洒的飞行太阳镜
仿佛已望见了在不远的将来
地球的上空，将由无数条 C 字头的航线
编织出一张密集的天网
使人们一跨入舱门，就迈进了世界

每当 A 字头或 B 字头的大型客机
在错综复杂的国际航线上
与我驾驶的 C 字头大飞机相视而过
机身上那排瞪圆眼睛的舷窗里
便会隐约发出一阵 China 的惊呼

水天间的舞者
——致敬鲲龙 AG600 水陆两栖飞机

梦牵魂绕九个寒暑之后
今天，我终于跨进你陌生的驾驶舱
手握驾驶盘，脚踩方向舵
从此成为荣辱与共的生死朋友

每一次起飞心情都格外沉重
比六十吨更重的是救灾救难的使命
在飞往火场或遇难海域的途中

你总是以十倍于航船的速度疾驰飞行

既是会飞的船,又是会游泳的飞机
这就注定肩上要扛起双倍的责任
你能站在两米高的巨浪上救人
也能在二十秒内一次性汲水十二吨
让肆虐的火焰,在喷水中偃旗息鼓

回想一次次从陆上、水上起降
我们的配合总是完美而默契
尤其是当你以犁铧的船体迎击海浪时
总是能昂扬出一副大国航空自豪的姿态

未来的试飞航程还异常艰巨
作为世界在试两栖飞机中的"大哥大"
更宽广的应用领域,正等待我们去探索
伙计,请放心——
我一定会写好,那本让世界
对你刮目相看的"说明书"

空中胖姐
——致敬运-20

在各式重兵器冷峻的眼神儿里

你以卓尔不群的丰满，赢得它们的青睐
那些寒光逼人的钢铁大汉
在你面前，都成了乖巧听话的娃娃

你为坦克和火箭炮们插上了翅膀
以鸟儿疾飞的速度，深入敌后
让自诩坚不可摧的敌人防线
在前后夹击中，立现溃堤般的狼狈不堪

每次起飞，你的目光都格外凝重
肩上的重担，岂止是几十吨钢铁的分量
无论是严峻的敌情还是灾情
都使你粗粝的喘息声愈显沉闷
仰首上升的姿态多了几分焦虑与悲壮

而那些可爱的空降兵喜欢叫你胖妞
他们在空中向你献上一朵朵伞花
甚至在你的怀抱里，一些新兵
还彻底治愈了恐高和胆怯的常见病症
锤炼成了敢于插入敌人心脏的尖刀

谁主沉浮
——致敬"奋斗者号"载人潜水器

当辽阔的海水由深蓝变得越来越暗
直至再也看不见一丝微弱的光亮
马里亚纳,我正以压载铁的如磐意志
一步步抵近你幽深的怀抱

脚步,比攀登珠峰更显艰难
每一米深度,都要承受千百倍的压力
黑暗中,我的身体下潜得越深
离地球的奥秘就会越近

这里的海水比钢铁还硬
它们挤在一起故作轻松的姿态
无论我的船舱下潜或上浮,在深海中
都不过是一粒更坚硬的气泡

我渴望,在漆黑的人类生命禁区里
修一条漫游海沟的观光通道
人们坐在一间缓缓移动的车厢里
任意幻想或欣赏目不暇接的奇妙风景

我还打算制造一辆燃烧海水的汽车
不用再花钱去加油站里排队
尾喷管的蒸汽里散发出鲜花的味道
走到哪里，哪里便会一路飘香

隐身者
　　——致敬歼-20

只有目光短浅的人
才会看不清头顶上的波诡云谲
风云间，一种新理念正在与传统观念
进行着一场激烈的空中格斗

强大者，往往更愿把自己伪装得渺小
将雷达反射面降到最低的程度
一架庞大的战机，缩身成一粒子弹
它穿行在浩瀚的天宇之中
专事伏击那些有恃无恐的傲慢敌人

如今的战场，比对手看得更远的眼睛
未必能抢占先机，立于不败之地
而善使隐身术者，穿行在云浪波峰之间
往往只闪过一道呼啸的身影

隐，更是一个哲学的命题
当庞大与渺小，远与近，真与假
互换角色的时候——
示小，才是智者的选择
而盲目自大，则是愚蠢者的代名词

腾飞
——致敬"长征五号"系列

每当倒计时的读秒声
响亮地回荡在肃穆的指挥大厅
又一个更高追求的梦想便屏住了呼吸
等待腾飞时刻的到来

从翻卷升腾的巨大烟浪中
冉冉升起来的那团橘红色的火焰
像一支回眸的美丽花朵
一边向地球微微挥手，一边
将人类的美好愿望托举向浩瀚的太空

在长征的大家族里，你以排行第五为荣
创造出又一轮惊人的奇迹
探月的"嫦娥"，一次次乘着你的翅膀起飞
奔向火星的"天问号"已被送入了深空

中国航天站正在加紧运料、施工
每一次，都离不开你那副坚实的肩膀

每当发射起飞，你都在蔚蓝的天幕上
写下一枚巨大闪亮的叹号
不仅引领着全球的目光不断抬高
还一次次把中华民族的脊梁
在世界面前，挺得更加笔直有力

带刀侍卫
——致敬 055 南昌舰

航母是海上行走的国土
你就是护卫在祖国近旁的带刀侍卫
以万吨级的体魄和高科技的头脑
让怀有野心的觊觎者心生畏惧

作为 055 首舰，又以英雄之城南昌命名
这就注定你要肩负起更重的使命
无论黄海的浪涛，还是刘公岛的沉默
都在警示后来者，不能忘记甲午的耻辱

真正的强者，却往往更愿隐身示小
用炮口说话才更能展现你的妙语连珠

十八般兵器样样精通的多面手
依旧为自己预留下了巨大的升级空间

舷号101使你拥有巨大的荣光
从入列那天起,便与身后的祖国
将荣辱紧紧地连在了一起
当一支庞大的舰队乘风破浪驶向深蓝
犀利的剑锋和深邃的目光
便一刻也不会放松远航中的警惕

最高的家园
——致敬中国航天站

只要脚踏实地,一步一个脚印
中国的载人航天工程
只需走三步,就能实现
自主建成一个太空之家的梦想

把这个最高的家园叫作天宫
它有五间房子,各间都取了一个
流淌着中国血脉的名字——
天和、梦天、问天、神舟、天舟
它们牵手连在一起,就是一座
比老北京的四合院更精致的中华建筑

高度与距离，不再催生人的寂寞
每人的心跳，都与祖国保持着高度同步
这里有三个兄弟姐妹轮流值守
他们在一起探索人类未知的奥秘
并为未来的生存发展寻求更多的途径

我渴望与他们一道乘着神舟飞来飞去
并用一架最新设计的望远镜
看尽离地四百多公里高的瑰丽景象
用无比自豪的心情，在太空写下
人类对浩瀚宇宙的赞美诗行

我还想邀请几位不同肤色的专家
一起来俯瞰我们赖以生存的蓝色地球
共同商讨让它变得更美的方案
只有站在这样的高度上，才能不带偏见
读懂人类命运共同体的全部含义

海底神探
——致敬蓝鲸 2 号

以四万四千吨的超强定力
稳站在十六级飓风的惊涛骇浪中心

依旧专心致志，心无旁骛地做着
可燃冰开采课题的刻苦钻研
在你头脑中却从不曾闪过，任何一个
可以随波逐流的念头

你挥动着两只铁塔般有力的臂膀
以左右开弓的高效率
直插比马里亚纳海沟更深的海底
让深藏了亿万年的秘密，终于浮出水面
成为照亮人类未来千年的瑰宝

你以不动声色的沉稳表情
迎接波涛之上的风云变幻与日出日落
而潜在水下的大半个身体
却一刻也不曾停止计算与分析的忙碌
并已练就世界一流的平衡能力

由两万七千多台设备组成的巨无霸
像人体的各种器官彼此默契合作
四万多根管路，打通了周身的脉络
从此，这个一百一十八米高的东方巨人
便傲然屹立在碧海之上——
无论波涛的喧哗，还是暗涌的角力
都丝毫不能动摇向更深的海底
笃定探寻人间奇迹的决心

造岛神器
——致敬天鲲号

你把精卫填海的古老神话
轻轻翻页,一幅震惊世界的填海蓝图
一夜间从图纸上走了下来,驶进
热火朝天的南中国海造岛工地

你一亮相就让人难以置信
以一百四十米长的巨大钢铁身躯
缓缓靠近群岛的身旁,凑近它们的耳朵
说要让千万年孤独的它们
从此聚集成亲密无间的一家人

你从三十多米深的海底挖泥铺路
且自我操控,日夜不停地将砾石或泥沙
以马拉松赛跑的速度运送到礁岸
使骨瘦嶙峋的岛礁,以每小时
六千立方米的惊人体积迅速变胖

那些本来扶不上墙的烂泥
已被教化成了机场或楼房的坚实地基
自恃骨硬的珊瑚礁或顽固的岩石

在你五十兆帕硬度的铁牙利齿面前
终以粉碎性骨折的悲惨下场,乖乖成为
一群又一群被驱赶上岸的俘虏

展开中国地图,我便禁不住
用渴望的目光抚摸南海的每一座岛礁
仿佛看到你不知疲倦的身影
在以二十四小时从不肯停歇的效率
把一座座丰碑,筑牢在祖国的蓝土地上

天地神通
——致敬墨子号

一束笔直的光线
穿过悠悠岁月,从古代传播至今
他的名字叫——墨子

有一场世界比赛,叫量子通信赛跑
中国队起步虽晚,却一鼓作气
跑在了城域量子通信赛道的最前列

奔跑的队员叫光子
它守口如瓶,忠诚无比
身上携带的信息,被认定"无条件安全"

让最小能量的赛手瞬间跑遍全世界
逼着一筹莫展的科学家
必须造出一颗,在真空里
不再收取光的损耗费的量子卫星

这个特殊中转者,使两个千里相爱的人
不再犯愁因跋山涉水而无法倾诉衷肠
他们的心可像幽灵般的超距飞翔
你来我往,分享幸福和甜蜜

他们所有的情话,都不会被窃听或盗取
"亲爱的,这句话我只对你说!"
即使嫉妒者企图恶意篡改,也休想得逞

中国队跑得太快了,还没等世界的目光
从惊讶和赞佩中缓过神儿来
"京沪干线"量子通信骨干网已经竣工

九十六岁的克利夫兰奖杯
以它一贯敏锐的眼睛和耳朵
望着中国的墨子,竟然从大西洋彼岸
伸出双臂,给中华文明一个拥抱

我仿佛已看见了,纵横寰宇的一张大网

正在一丝不苟地加快织就
海量的信息,像长着翅膀的天使
在天地间,来去如影地自由飞翔

巨龙腾飞
——致敬港珠澳大桥

只有中国人的大手笔
才可能,在隔海相望的珠江口
用一支极富想象力的中华牌彩笔
画下一条横跨伶仃洋的巨龙
从此,让久别的思念与乡愁
沿着龙的脊梁,日夜自由地穿梭

每一个桥墩,都挺起责任的肩膀
每一根斜拉钢索,都绷紧了内心的力量
每一颗螺丝钉,都坚守自己的岗位
每一个中国人,都站立成大桥上
一处让世界羡慕的风景

世代在伶仃洋生活的中华白海豚
曾一度忧虑万分——
它们做梦也没有想到
这些在海上高耸起来的钢铁与水泥

不仅没毁坏掉自己生存的家园
还使濒危的家族，忽然间子孙兴旺起来

远远望去，舞动在索塔上的中国结
让两岸三地的手臂紧握在了一起
三只活泼可爱的中华白海豚
跃上桥头，仿佛在兴奋地报告海底的秘密
桥头堡上迎风破浪的帆船
高仰起自信，表情从未像今天这般骄傲

紫荆花、三角梅和莲花在隔海呼唤
海风把它们骨子里的记忆融为了一体
一群海鸥从伶仃洋上空飞过
它们以好奇的目光，竟然辨认出了
镶嵌在两座人工岛上的象形文字
并不由自主地大声读出——中华！

实力答卷
——致敬世界最大模锻液压机

以八万吨的巨大压制力
塑造出来的任何一件精致的作品
一旦被安装在昂首起飞的 C919 身上
都足可称为共和国的功臣

没有压力，便没有凝聚的力量
那些膨胀而松软的幻想
挑不起民族的重担
它们只能在世界竞争的大舞台上
扮演一个被人取笑的角色

每个关键的大型锻件
都是中国人命运攸关的脖颈
被人卡了五十多年的脖子
无论上天的飞机，还是下海的战舰
都已被憋得喘不过气来

中国虽以八万吨的骄人成绩
在模锻液压机的跑道上领先了世界
但目光高远的清华科学家们
已把一份十六万吨的答卷握在手中
随时准备向祖国自豪地交出

中国的臂力
——致敬 D5200-240 塔式起重机

你以令人仰望的巨大身躯
站立成一座崭新的丰碑

在世界面前，展示出
一个装备制造大国的领军形象

在别人霸道地四处秀肌肉的时候
你却伸开巨臂，以二百四十多吨的力量
无声证实了自己的超强臂力
并把中国人的自豪感，轻松抓举到
二百一十米的世界级高度

一个把自家的命运交给别人的国家
必定会处处受制于人
一旦被贪婪的黑手卡住了脖子
整个机体的运行就会憋得喘不过气来
终于，你大臂一挥
在新时代的天空上，彻底改写了
长期依赖进口超大吨位装备的被动局面

世界从来不会风平浪静
你在各种复杂工况下，以超强的定力
经受住了每秒二十米的狂风考验
一个最高个子的铁汉，却心细如发
采用最先进的综合智能安全控制技术
把可能出现的各种风险，科学地
控制在了高水平的安全程度

人造太阳
——致敬 HL-2M 核聚变装置

只有打牢坚实的地基,梦想的大厦
才具备了巍峨挺立的依据
从自主设计、建造到运行技术
这个叫托卡马克的核聚变装置
以十倍于太阳芯部的温度
为我国磁约束核聚变实验奠定了基石

全球的核聚变人,一代一代都在向着
照亮人类未来的终极能源梦想赛跑
中国的科学家们,更是争分夺秒
渴望将人类历史上的新一颗"人造太阳"
从世界的东方,早一天自豪地托起

中国终于在自己的实验大厅屏幕上
看到了那一束闪烁的蓝色电光
并从世界聚变能竞赛的七条赛道上
首次实现了由并跑到领跑的跨越
未来的赛程很遥远,中国唯有不懈拼搏
才能继续保持领先的地位

终有一天，世界合作的 ITER "卫星"计划
将会用一升海水代替三百升汽油
在人类生存的地球上，不再为能源焦虑
托卡马克将以超过一亿摄氏度的高温
融化人类争夺能源的冷战与热战

掘进的中国
——致敬"京华号"盾构机

以超过十六米的特大直径
为使中国的道路通向未来
开掘出一条迎来曙光的隧道
意志的刀盘，坚硬无比
任何顽固的艰难险阻，都拦不住
你强力掘进的坚定步伐

在这个龙的传人的国度里
终于建成了一条，让世人惊叹的
一百五十米长的钢铁巨龙
并以它四千三百吨的足够分量
跃上世界盾构机的舞台
彰显出中国人不断开拓的无畏决心

科学家们还从各种冷漠的刀具中

浪漫地嗅到了国粹艺术的味道
用一张鲜明夺目的京剧脸谱
把所向披靡的利齿刀盘，装扮成了
一位京华味十足的忠实票友
你一开腔，就会大地震颤般语惊四座

在北京东六环"入地改造"的工地上
路过这里的老北京人，总能听到
一种起早贪黑的熟悉唱腔
它隐约从地下轰隆隆传来，直到
把一条曾经拥挤不堪的道路
演绎得异常通透，愈加宽敞明亮

杀手锏
——致敬长征 18 号艇

只有手握利器的人
才有可能，在疯狂的强敌面前
自信地做到——"不战而屈人之兵"
空爆弹的吼叫声再响亮
永远也抵不过，一把隐忍的匕首

沉默，往往是最有力量的宣言
你把每一句有分量的话

都浓缩在那块"龟背壳"的下边
一旦它喷着火焰发出反击的怒吼
冲出深海的利剑,必将对敌人
在后发制人中一剑封喉

你把庞大的身影,浓缩到了极致
像一个海底的隐身者
游弋在珊瑚丛林与鱼群之间
阳光是绝对的稀有金属
哪怕是投来几缕黄金般的光泽
都会令一些无悔的青春激动不已

你在最狭窄的空间里
安放下最辽阔的大地、蓝天和海洋
在一个看不见硝烟的战场上
作为最后一枚决定胜负的棋子
牢牢地被握紧在祖国的掌心

两栖攻击
——致敬 075 型海南舰

以不事张扬的极简风格
将巨大浪花在海水中留下的足迹
隐蔽到最微弱的程度,并以身作证

为小与大这对难题,寻找到
一个领先世界的最佳答案

作为一个新型家族里的长子
你必将担负起更重的责任
大度,不仅仅表现为外在的平静
更要蕴藏起多种超凡的能力
并时刻准备着代表身后的祖国发言
开口,就要做到说了就算

无论在中国的南海还是台湾海峡
无须划分,都将是你神圣的责任田
所有的国家利益,全部都能搭载
吃水线越深,越会为自己肩负的使命
感到发自心底的激动与自豪

今天,当一只有力的大手
在航泊日志上郑重地签下名字
就签订了对一个伟大梦想的庄严承诺
世界的聚光灯,在中国的海军节这一天
聚焦海南,更加清晰地看到了
一个民族致力于伟大复兴的意志与力量

一闪而过
——致敬高速磁悬浮列车

你把不即不离的人生哲学
参悟到了极致——
以十至三十毫米的微小间隙
将一辆高速列车,轻轻托举到
最低高度的半空,从而避免了
人际关系中的无谓摩擦

你以时速六百公里的快跑
填补了飞机与高铁之间的空白
并用奔跑的距离做半径
描绘出一个最佳经济效益的生活圈
让几百公里开外的异地人
眨眼之间,成了近在咫尺的同城人

你还以超导体的巨大定力
坚守与轨道之间永不背弃的承诺
看惯了生活中形形色色的出轨
用一剂"液氮"药,根治这个世俗的顽症
塑造不离不弃的模范夫妻形象

舒适是生命追求的最高境界
你用特殊的"钉扎力"将振动赶走
让车厢里的人,像行走在大地上一样
把"没有感觉"当成最大的感觉
一路向前的人们,让心中的焦虑与烦恼
一闪而过,统统甩在了时代的身后

巴音博罗的诗

　　巴音博罗，诗人、小说家、油画家，曾三次获辽宁文学奖，获《北京文学》年度小说奖和年度诗歌奖、台湾《创世纪》诗刊 50 年金奖等各类奖项 30 余次。著有诗集《悲怆四重奏》《龙的纪年》，油画散文合集《艺术是历史的乡愁》以及小说集《鼠年月光》等多部。

矿山

我看见铁的面孔隐藏在群山之中
铁的肩膀和铁的手臂像大树
伸举向苍茫的穹空

那铁的眼睛是否也像煤的黑眼
闪烁并冒出磷火
铁的胸腔里有沉沉怒吼摇晃整个矿区

铁,古老大地上徘徊的巨鸟
当它锋利的翅膀切割下一个又一个日子
当运送矿石的小火车缓慢行驶在
通往炼钢厂的道路上
一声长鸣,那是铁发出威严的叫喊
那是一代又一代炼钢工人,以坚硬的骨架
将人类生活的智慧,写在矿山的额壁上

一颗睡眠的星,此刻正镶在高耸的烟囱顶端
烟是袅袅的诗篇,清洌又透明!

在大孤山铁矿

铁在说话
铁中有永远的荒凉透过岁月照亮我
我抬起手臂,指向远处
烟尘弥漫的荒原上有一个巨大的矿坑
像地球的独眼炯炯放光

整座城市都在我的身边酣睡
一百余年了,一百余年就这么逝去了
而此刻的天边,一颗孤独的星正在微微颤抖

我不知道这铁矿的血最终将流向哪里?
我只知道大山的身体在溃败
我和我师傅的脸在撤退
沉默举起的酒盏在渐渐空茫……

铁呀,当我们又一次扯下太阳的光焰
当夜以它宽大的裙摆罩住灯盏和我
我的骨头正一节节从肉中剥落
内在的铁被咆哮的豹子唤醒……

分开

如果能把冶炼者和铁分开
到达那寂静之地
把城市和炼钢厂分开
到达生存之境
把一个人与空气、火焰和燃烧分开
到达焚化的再生之际
把我和你分开
保留一些为灵魂打开的伤口

那沉默之灯！甚至比不上这炉膛里的火
而岁月悠悠，即使天边堆满灰烬的手
我仍然要再一次把熄灭和黑铁分开
让今晨和昨夜有所不同！

火焰是我们永久安歇的房间

对于炼钢工人而言
火焰是我们永久安歇的房间
我们接收到那个词：炽烈
我们大汗蒸腾的脸朝向那里：青烟

当一万只绚烂的雄鸡站上炉口
车间里的荒凉更宽广也更辽远了
一个黎明推动着另一个黎明
正在赶来的路上
火中的群像突然收紧
又分开,热浪中的石头滚动
并发出叫喊
像雷霆隐没!

一切都在火炭里成长
我们扩充自己,又染红自己
我们向抬升起远方的大山合诵
我们在众声之中寻找河的源头
我们在深渊里摸索到鹰翅
我们以鹰的叫喊解释劳动
当巨型钢锤砸向这里
我们以遗忘得到诠释的大地!

我们在黑铁上相互遇见并认出

在熄灭的词中,你是那个被炽热的燃烧
照亮的人吗?时代结束了
你的面孔几乎算不上存在过

除了那铁,除了天空、大地
神祇一样的矿区

而我将会在每一块灰色的岩石上
显身。我向厂区的深处呼喊
我的口中混杂着血与铁强烈的腥气
仿佛一个新的黎明,从钻机上开启
这矿山的光辉

铁,另一种麦穗儿的尖芒
当星群呼啸着迎头撞上
是抓住这地心的时候了,是让心爱的人
饮着夜露来到身边的时候了
在露天开采的矿坑里,简单的幸福
其实仅仅是一朵野花的幽香
消失在我们老茧重叠的手掌上……

炼钢厂上空的月亮

如果它此刻挂在烟囱上
如果整座城市的街巷、墙壁和小广场
都在一声汽笛的长鸣中沉寂下来

此刻这偌大厂区内所有活着的事物

包括斜挂的工装、机床、传送带和
巨大的钢炉,都被一枚真实的月亮照耀着
使铁的国度和石头的国度互换并
彼此映照,歌声
比完美的思想更沉着——
在睡眠中起伏的人的身躯
为隐秘的灯光所安抚

钢铁厂是一座闪着炭火的村庄!

致一双被磨烂的手套

当黑夜被劈成两半,鸟群牵动原野
太阳在一个老工人的眼眶中晃荡
巨大的转炉从矿山的穹顶隆隆驶过
我再一次听见劳动的黄金号角在鸣响
工人们从这块大地的咽喉中拥出
一腔热血陡立成诗行
女人们柔软的胸脯上,雏鸟牙牙学语
他们说,春天在摇篮曲中走下山岗
成为孩子们的笑靥和梦……

而屋角的木桌上,一双被磨烂的手套
正散发出浓浓的机油味儿。当一双双手掌

被火焰反复炙烤，脊梁上的大汗也晒出了盐
和茧花。母亲们被塑成铁的皮肤
一首首昂扬的歌，也会将不屈的灵魂
钉在晴空上。责任和担当如马匹
被烟熏黑，新生的一代将在灯下朗读
那本描绘冶炼的书，朗读矿石之血
和年代的自豪感。而老歌里的海水正缓缓
洗掉它们伸展的触须……

我有些疲惫，望望四周
此刻矿区正如一块山峦坐在大地上
我想我们也是。当生命消逝
我们感觉不到自己的手，正将这世上所有故事
与这破损的手套完美地合为一体

一块铁走在我前面

一块铁走在我前面
一块青灰色的铁
一块像一匹活力四射的毛驴一般的铁！

一块铁始终走在我前面
一块凝聚着曙色、暮霞和星月之辉的铁
一块始终一言不发，只管默默赶路的铁！

一块铁走在我前面
如果它忽然鸣叫,我也不会惊讶
一块沉甸甸的,步履坚定的铁!

一块铁走在时代的前列
在岁月的更迭绵延之际
一块有着海青色面孔的铁

一块铁在群山托举的矿区前面
它的额壁纯洁又高贵,仿佛
夜晚的灯从书桌走向喧闹的街道

它击打我们,唤醒我们
它以星辰的脚步丈量幽暗的人间
我们从此不再有怯懦!

铁在语言中是黑色的

我们的生活仿佛一部古老厚重的冶铁史
海水的喧嚣使它更接近于古老的青铜器具
而土地早已倦怠,那些牺牲的脸像一盏盏灯
成为我们生活下去的无尽力量

我们将变老。一代又一代产业工人的身躯
将像弯曲的大树迎向风暴,而一本书
会在狂风中把书页重新翻到冶炼和焚烧的
那一页——

斗转星移,铁在语言中始终是黑色的
铁,无声地推动我们,让我们感受到重量
来源于值得信赖的日子。早年的抱怨早已在
炉膛中消失,我们不再有对死亡的恐惧
我们的脚步,和树们走向泉水的脚步
更接近也更类似!

夜晚的炼钢厂

夜晚的炼钢厂,以一百万吨的铁水
触及了大地的痛点,像骏马蹄音
一节节从地心传开
手握钢钎的工人们的热汗
眼泪般涌出

他们没有将自己变成矿石
太阳的金指环里有痛苦,太多的痛苦!
而长白山巍峨的山脉中,天池以碧蓝之水
正与自己的倒影倾心交谈

现在,夜班工人们怀揣烛光的长信
让倦怠的灵魂保有这至深的寂静
工厂像马匹昂着头,咻咻喘着粗气
打着响鼻。在闪烁的车间里
海已缓缓击碎了它的心脏!

炼钢厂是一小块折叠的田野

炼钢厂是一小块折叠的田野
在巨硕的太阳淹没之前
炼钢厂离心脏那么近
离钢水四溅的思想那么近
它像北方荒野上的一小块玉米地
或高粱地,簇簇火苗跳跃着
把古老汉语的骨架逐一焚毁

在巨硕、悲戚的太阳沉没之前
婴儿们还飞翔在花朵的喧嚣里
老人们还为洞悉了人世全部隐秘而
沾沾自喜。更多的玉米粒仍须服从于
火焰的舌头、空中的宫殿和海水的泡沫……

但此刻我已把一块凝固的火种带离房间

我在一块钢板上阅读,在一条
火龙般嘶吼的铁水中松开了传统
——那月光的片段,那忧伤的幻觉
那愤怒的浑身颤抖的感觉,正
一阵强势一阵地袭来!

——万物屈从于这磅礴的力量!

黑铁

那无法企及的令人神往的光辉和美
是黑铁!是团结、坚硬、结实和无畏的黑铁!

风暴转瞬即逝,烈火控制了一切
只剩下这骨架,只剩下这琴箱和炉台
只剩下一张病床——万丈霞光和白雪!
我要倾尽一切,奋力举起这炼钢厂
我要向霞光和白雪一样燃烧
当一首颂歌唱完,我要接下那另一首
另一首是黑夜拥抱的黑铁和我

听,一只花喜鹊在叫,烟囱上的半神在笑
一场婚宴在荒凉的厂区里进行
我要接回那身披白雪和霞光的新娘

我要歌颂这人类的生活，歌颂苦难和
尊严。我要骑着半截黑铁
在大河上旅行，如果河水真的能将我淹没
我要告诉你，告诉诗歌
我的故乡就是那半块黑漆漆的铁！

那令人神往的光辉和美是炼钢厂

那神圣的黑夜里涌出的一条大河上，孤儿在唱歌
歌唱我的新仇旧恨，歌唱炼钢厂
所有听过的音符一齐掉落下来
那时我发现我已不在生命的躯壳里
我听见蚯蚓在吞咽大量黑油油的土
我听见血液在脉管中汩汩流淌
那车间里转炉旁没被污染的血散发着腥气
任何伤口都是真实存在的。风擦亮灯
山峦压碎星星并使岩石裂开、摇晃
人类为自己所带来的一切现在都回到这神秘的河流之上
伟大母亲所显示的事物之上
一个苍老的孤儿仍在唱歌，他举起锤子
和岩层深处那律动的矿脉终于合拍了
伟大母亲与神圣大河激跳的心脏终于合拍了
暗蓝色的钢轨上，我们飘散的灵魂早已证实了

这个夏天全部的爱。我们还有大量时间需要挥霍而围绕炼钢厂的一切都可以让我们互诉衷肠！

汪峰的诗

汪峰,江西铅山人,现居大凉山。江西省作家协会滕王阁文学院第二届特聘作家,中国作家协会会员。"2022江西年度诗人奖"、《诗刊》社"云时代·新工业诗歌奖"获得者。著有诗集《写在宗谱上》《炉膛与胸腔》。

探矿

探矿人每往前迈进一步,柴油发电机
和帐篷便往上移动一步。群峰也
悄悄地跟在后面
在横断山脉,探矿者把帆布鞋
挂在峭崖之上,而把探矿的钻头
深深地插进岩石里
像长久失望的怨气和火气
像深重的祖国嘶哑的喉咙
探矿人的身体和日子
和泉水一起煮沸,经常啃着冬天
干硬的风
并在夜里细数着落单的流星
那时,他的儿子
正嗷嗷待哺,还不懂得
远方有大山,大山中有父亲
正踩着大山的骨骼
正在向大山打探
光照不到地方
还有没有未被触及的幸福

高原种石头的人

高原种石头的人
也种金属、稀土。作为矿工，我们的土豆、圆根
是我们的汗水。埋下去，一年一年埋下去。
在西南部高原，在牦牛山
土豆、圆根迅速长大，成片长大
挖出来，一吨一吨挖出来
长大的石头砌在百姓生活的围栏里
长大的金属或稀土安放在我的手臂中
我要去扇动匍匐中的祖国

挖矿

钻机直来直去
岩石侥幸躲开

电铲在铲斗里喊出
铁齿
山被活生生剥开

像从水井里吊出大象

一声巨大的轰鸣来自春天的雷暴

地平线裂开是对的
他梦见自己的羊蹄草
在散装的石块中拱出来
带着血带着皮

矿石的荒野

安宁河弯着的身子慢慢挂到天上
牦牛坪矿区工棚的窗子里住进了月亮也住进了星星

电铲、钻机、运矿车，轰鸣了一整天，现在
脱去了身上的油污、汗迹和疲惫，暂时被搁置

茅草们在采矿场破碎的废石上忙于赶路，像矿工，用低
　卑的枯槁
来划亮
头顶的露水
和远方乡村里孩子的书包和妻子的化妆盒

一个内心灼热的人用他的劈柴支起矿区的孤独
和一场宽衣解带沉沉的鼾声

一个内心斑驳的人,抱着一堆矿石
是一堆矿石的荒野

矿工是一群羊

矿区是破碎石头的荒野
每一粒石头都有向上的激情和向下的执着
每一粒石头都是矿山放养的一只羊
经历过风的刀割、雨的锤击
依然像呼吸一样在矿区起伏、缠绵、坚守
矿工也是一粒石头或一只羊
每天从家走向矿区走向钻机、电铲、运矿车
又从钻机、电铲、运矿车走回家
帆布鞋在矿区破碎的石头中
窸窸窣窣然后又悄无声息
深冬,矿工的羊群在破碎石头中走散了
会误认是一场暴雪过后还在飘舞着的几粒雪

冶炼

岩石内部的胸腔早已幻化成燃烧的海水。
要几千度高温才能诠释爱情?
炉前工是镰刀的化身,他梦见口齿在

火焰之上闪耀。而一块金属从此
脱胎换骨。

镰刀要收割高原和群峰。
在骨盆之间除了收割水稻和玉米,还有
向上生长的低卑。

炉前工在鱼尾纹中弯腰。
藏身在累处,藏身在痛处,才能藏身在高处。
炉前工在血水的内部
紧扣工业时代的皮带。

让金属的骨头火焰一样狂长
让矿石的叶片永不止息地在海水中震颤

炉前工在搅拌自己
他梦见雪花抬头,老矿工的父亲
勺下了熔盐
在炼炉里起身,光芒闪闪

死亡与新生,在冶炼中
就这样夺目,光芒闪闪

铁

铁是铁器。是锤子扳手,工人们弯身,在修理
一台因过于劳累而趴窝的电机。

铁通过工人的手指,到达了工业园的心脏部位
那里,有齿轮的咬啮,有电的疯狂
仿佛热恋,有轰鸣,但也会停下来

铁在除锈。机器卸下坏齿轮。
在大工业面前,工人们修理自己,他们往往捉襟见肘。
像一个荒凉的高原,遇见群星的喧哗
以此,把埋在手中的爱,一点点献出

现在,工人们在擦拭
齿轮的关节,尽量清除污迹多些,直到身体内外一片
　　透亮
直到天空是蓝的
然后,工人们在齿轮间一滴滴注入润滑油和云朵
云朵跑出十一个省,机器声开始恢复,像杂草变得平整

荧光屏里显示:工业园汗水湿人衣。

我的到来是及时的。你接过锤子扳手
紧握着铁，先有温度，再有热度

熔炉

冲出体内的铁水
让山峦普照金光

这放肆的人间，这火焰的博物馆
要承认还有黑暗堆垒的围墙——

搅拌铁矿石、骨头、山崖、白马、
机车和愤世的云朵
让心脏在西部的血泊中狂奔一场

我所仰望的星空
让狭小的胸膛
无限宽广

群峰一点燃。理想
就可以不顾一切

一个无法返回刀鞘的天空显现出孤单。

铁是小雨点,是金属的一次从里到外的大扫除。

电,让南高原充血
尘埃之上,我所仰望的
只不过是一次流星划过天空的机会

冶炼分离线

在冶炼分离线
反应釜、萃取槽、管道、离心机
料液在其中,当行则行,当止则止
就像女工体内永世的河流,不泛滥
但充满着旋涡,很迷离
总有坚硬的盐被悄悄地析出

萃取槽的三角皮带带动着小小的搅拌机
不停地搅动工业园区的心脏
萃取工在中控室——抄写着各种工艺数据
她在键盘中不断调整着生产参数
就像一个钢琴师在反复调整肺热和音阶

我突然感到了彻骨的痛
齿尖上闪烁的酸与碱,这工业的锯片
像时间的骨缝做过失败的手术

丢下一堆零零散散的铁钉

冶分线有点像星月犁过的旷野
充满了不确定的消逝和新生

邵悦的诗

邵悦,女,中国作家协会会员,中国诗歌学会理事,中国煤矿作家协会副秘书长。作品散见《人民文学》《诗刊》等多家报刊。著有诗文集《火焰里的山河》等8部。获全国煤矿文学"乌金奖"、中国长诗"新锐诗人"奖等多个奖项。被中国作家协会授予"'深入生活,扎根人民'主题实践先进个人"。

每一块煤,都含有灯火通明的祖国

对我来讲,没有黑暗
尽管我通体的黑,看上去
像隐秘日月星光的一块暗夜
我从千米深处的地层
被一群矿山的壮汉子
左一揪,右一揪地挖掘出来

亿万年了——
长年累月,黑暗的挤压
成就了我体内的能源
成就了我火热的品格
那群光着脊梁的硬汉子
又把沸腾的热血,注入我体内
把钢铁般坚不可摧的意志
移植到我的骨骼里

他们用家国情怀,挖掘出
我这块煤的家国情怀——
我自带火种,自带宝藏
每一块噼啪作响的我
都含有灯火通明的祖国

为祖国燃出一小块红红火火

而后。我成了一块煤炭
来自黑暗深重的地心
在玄武岩层层叠加的圆圈内
在朱罗石长长的隧道里
积压了我太多的红,和火
储藏了我太多的热,和光

我蕴含一身的宝藏
日夜企盼被你采掘出来
企盼被你读懂,被你点燃
去为塞北一小块严寒燃起火焰
为江南一小片幽暗放出光亮
我由内到外坚硬的黑色里
全都是等待燃烧的真情

祖国,我的母亲——
你最懂我的内心是怎样的温暖
最知我的衷肠是怎样的火热
你能清楚地看到,我那些
隐约燃起来的信念,和信仰
你,把我树成顶门立户的长子

把我视为喂养大机器的工业粮食
把我当作奠定复兴之路的太阳石

我站立的，铺垫煤田的大地
——就是我的祖国
我深入的，八百里乌金滚滚的煤海
——就是我的祖国
我激情燃烧，祖国就日夜兴旺
我踏上新时代的列车，祖国就飞速向前
我甘愿用身体，为祖国燃起
一小块伟大的红红火火

煤，是一种深度

想必是煤的黑，另有隐情
不然，怎会黑了又发光
想必是煤的胸膛里，跳动火焰
不然，怎会信守太阳的理念

河流，在奔流中采集水
举起它们闪光的镜子，煤也是
火采集火，光采集光
并举起它们发热发光的镜子

煤深埋黑暗之中，与黑无关
只是打入黑暗内部，完成深加工
让他们内心深藏的光明
取之不尽，用之不竭

智能化，虚拟的外来物
以大数据的身份
参与到采集煤的光芒中
煤，成为许多事物升华的理由

煤，际遇铁

而后，掌子面
四块石头，中间夹的不是矿工
是铁。煤的采，或者割
都由铁来完成。铁做成的采煤工
越过大巷、小巷，直奔煤层
深入四面楚歌的煤炭

大抵坚硬的事物，性格都很执拗
而煤，际遇铁
要较量的，不是谁强硬谁易碎
巷道相逢，千米深的情缘
渴望的是相拥而立

天意有缘，煤和铁
各自的内心，都隐藏火
谁采掘谁，都是相见恨晚
迸发炙热的火花
让彼此拥抱着，走向人间

在张双楼煤矿下井

巷道的性格极为开朗
宽阔明亮，如矿工兄弟的胸怀
我手攥的矿灯，没有黑暗可照
轻浮的粉尘，被清理得无影无踪
我疑惑，这里是否还有
一块煤，烟尘四起的乡愁？

巷道交错有度，如地上城市的脉络
影射到地下五百米深处
鼓风机，唤来徐徐的清风
地下与地上，息息相通

井下的5G微基站，精准定位我
何止是我，矿井内所有事物
就连深藏地层深处煤的心事

都被大数据逐一掏出来
送到大地之上,面朝阳光

我印象中的板锹,风镐
和甩开膀子大干的黑哥们儿
在张双楼的矿井下,无法还原
飞逝的时间,让印象主义感到羞愧
大数据,将矿山再度掘开一条
新时代的巷道,任与时俱进的煤自由穿行

数字矿山

大势所趋。恕我替代了
井下的锹镐、锚杆、猴车……
以及采煤工长满老茧的双手
他们都是你的至亲,抑或知己
都是你情感的依托,灵魂的写照
都是你异想天开的火红梦想

我委实不想抢他们的风头
是他们的脚步太迟缓,跟不上你
顶天立地、纵横四海的鲲鹏之志
挖掘你幽微而宏大的愿景
我的目的很单纯,只想让你的

火爆脾气重新合成，不再沾火就着
构建你每一个温暖的黎明

我还必须给远在地下千米深处的煤
献上一束光，或者一束红玫瑰
让数字矿山的每一条巷道
涌动人世间的真情实感
明媚地穿越地层，穿越综采面
升井后，就是黑哥们儿，或者太阳

数字之手

一只金刚手，钢铁做的手臂
却有血，有肉，有温度
延伸地下千百米深处
轰隆隆扣响黑亮的门环
煤的大门一开，滚滚红尘奔涌而出

金刚之手，被数字操控
数字，被煤三代的年轻之手把控
他不谙煤事，没抡过风镐、板锹
没被煤热烈拥抱、亲吻过
他在地上，坐在光线充足的调控室
就等于头顶矿灯，腰系自救器

脚穿胶靴，乘罐笼，坐猴车
垂直或倾斜，深入地心了

在操作台上，在键盘上
年轻的数字之手
大于一个班组、一个区队的手
将每一块煤，晋升成数字之煤
时代的数字之手，将每一块煤的生命
淬炼得红里透光

互联网的煤

你的黑，不是黑，是沉默
沉默久了，就沉淀成海
在地层深处，在黑海的涟漪上
掘进，开采，运输
都是对海的慰藉，对煤的敬慕
每溅起一朵黑色浪花
就了却一块煤闪亮的心愿

大块小块的你
不再坚守"沉默是金"的信条
你乌金构成的躯体，全是
亟待燃烧的激情，渴望熠熠生辉

由森林变迁的性格,涵盖鸟儿的成分
隐藏的翅膀,乘势张开
不只掠过黑暗的地心
也掠过蔚蓝的天心

虚拟与现实,互联成网
强大的覆盖性,超出地下地上的想象
人机互联,机煤互联,人煤互联
地下世界与地上世界互联
天地之间的互联网,互联了煤
就处处联通了温暖和光明

智能开采

指挥煤的地方,在地上
宛如太空舱。操控井下的煤
如同操控夜空闪耀的繁星
手柄,按钮,键盘
都是煤积极向上的方向标
远程遥控,本身就是一场大变革
井下的钢铁巨无霸
一刀一刀,收割黑金地的光芒

红外线热成像系统、监控系统

5G手机,数据采集点,数据仓库
像各路守护神,守护煤的尊贵
把地层深处,煤的喜怒哀乐
以画面和数据的形式
从井下传输上来,就成了有故事的煤
运行,在这里是叹词
设备运行,状态运行,数据运行
在电子屏幕上,叹为观止

没有一片蜕变成煤的叶子
不叹服智能化的魔力
也没有一块压缩成煤的森林
不憧憬大数据的美妙
被智能化开采的煤,如同转世的火种
成粒、成块、成车、成群结队
奔赴如愿以偿的地方
填补了世间所有阴冷的空间

井下无人区

巷道里,工作车以倾斜的视角
沿着往日锃亮的铁轨
在巷道里飞驰
——无人驾驶

只是井下无人区的一部分

三百米深处
钢铁巨无霸,挥舞铁臂
不停喧响煤海黑亮的宣言
澎湃的激情,一浪高过一浪
——无人采煤
只是井下无人区的一部分

传输带上,金刚手
敏捷逮住那块伪装成煤的矸石
押送到它该在的地方
——无人分拣
只是井下无人区的一部分

矿井下,凡是固定的岗位
都省略了那些忠于职守的黑汉子
井下无人化,地上一人化
轻动手指,蜻蜓点水般
就完成了采掘煤炭的沉重过程

向煤发出一枚指令

在光线葱郁的大地上

春风，向千百米深处的煤
发出一枚指令

春风缭绕指尖
集结人类温婉明媚的愿望
键盘，或者操纵杆
将令箭精准地射向地心
令箭抵达一处，就唤醒几代煤
沉睡的大梦
大片大片的觉醒，让煤
敞开一层一层黑亮的心扉
表达小一块、大一块的心声

对的时间，遇到对的煤
煤，激动得黑里透光
积压亿万年的委屈
今天，才得以向春风倾诉
知遇之恩，当以
红红火火的燃烧回报

从手机入井

在灵露矿会议室，年轻的小矿工
打开手机，就打开了井下的

采掘面，输送面，巡检面……
我的视线
从手机屏幕，深入井下

我看见，健硕的采煤机
奋力采撷煤海一浪一浪的浪花
以往挥舞的风镐，不见了
以往赤臂上阵的攉煤工，不见了
以往一群硬汉子，与另一群硬汉子
你赶我超的比拼场景，不见了

从手机屏上的井下
我看到，另一个年轻的矿工
用智能手机，指挥刨煤机
隆隆奋进的全部过程
此时，井下与井上的距离
浓缩成一部手机的屏幕

井下机器人

不过一米半的身高
凝聚了多少矿工的身形
才昼夜不知疲惫？
壮实的腰身

蓄积了多少块煤的体能
才征服了整个煤海的波涛汹涌？

头部没有五官
只有两台高清摄像机
仿佛两只机敏的大眼睛
散发的智能之光
洞察着矿井下的所有事物的动态
以及由煤牵涉出的隐私

井下机器人，很冷漠
无性别，无情感，说话没有语气
却让一些矿工穿着西装
坐在办公室里，下井
让一些矿工的心里，产生危机感

龙小龙的诗

龙小龙,四川南充人,中国作家协会会员,鲁迅文学院新时代诗歌高研班学员,乐山市作家协会副主席。1989年开始发表作品,在全国诗歌征文大赛中获奖上百次。著有诗集《诗意的行走》《自然的倾述》《新工业叙事》。

高纯晶硅

我看见一种有形或者无形的力量
集合着一支队伍
某种一盘散沙的状态终于凝聚成固体
具有前所未有的质感和硬度
引领着时代的元素周期

我看见原始的蛮荒与粗野
经过洗礼、合成、精馏、冷凝和还原
经过深层次的围炉夜话
达成了一次又一次的理解与默契
弯曲的道路被工匠精神的热情拉成了
笔直的梦想

我看见种植的黑森林,和小颗粒的阳光
中国的金钥匙,打开了西方的封锁
赋予大格局的意识形态
那闪烁的半导体,正满怀笃定的信念
走向岁月的辽阔

有一种建筑叫作还原炉

排布整齐的团队。从一座座银色的熔炼炉
小小的玻璃窗
可以看到那些燃烧的信念和理想
形成声势浩大的正能量

一座座晶硅还原炉
就是一个一个倒扣的小宇宙
酝酿着万物生机
是的，大凡高贵的品质
都是外表冷漠，内心多情而炙热

俨然岁月的熔炉。当高压下的电极
闪电一般穿透了化合的状态
析出游离态的晶亮
像纯洁的辞藻，沿着火红的诗意
幸福地生长

高高矗立的精馏塔

一支支矗立向上的大手笔

有力度也有性格
仿佛随时可以饱蘸白云和风雨
抒写一曲大地之歌

但又像水彩画
简约,唯美,而不失灵动
是写意的山峰或挺拔的工业树
站在风里倾听江河

我曾不止一次地在塔前留影
将高高的精馏塔
几何的图案
作为人生最生动的背景

一种静止的高度
在蓝天下,发出耀目的银光

高纯晶硅硅棒

刚从熔炉中走出来的时候
我便抑制不住激动了
健硕的硅棒,有一种涅槃后的强大气场
直逼人的内心

多少个轮回和迁回
成就了它完美的精度和温润如玉的光泽
那质地，分明是
用汗水蒸发的荣耀和内涵

它的能量无以表述
据说，切开神奇的硅棒
就能够得到一片片深邃的海洋
一方方洁净的天空

后处理

银色的太空船一样的舱门打开了
一群归来者
从滚热的小宇宙中
缓缓走出

我们竭力掩住内心有多么兴奋
用最高的礼节
像迎接贵宾一般
将它们请上特制的小推车
不必介意手动或自动的护送
长途跋涉的晶硅
最需要的是在洁净区自由呼吸

我羡慕地看着它们
被 AGV 平面向上托起的时候
那种步入人间天堂般的平稳与祥和
打包成规则的立体

我甚至可以想象到下一个场景
在不远的远方
一群天空蓝，正用洁净的双手
郑重其事，像打开快递一般
精心封装的神圣和幸福

还原

从天空流淌下来的亿万阳光
永远没有消失
已幻化为滚滚电流
从大地升腾上去的青春梦想
将沿着半导体的导线
热烈地回归

当然，我说的只是虚拟的假象
甚至与真实背道而驰的谎言
阳光、大地和梦想

常常在时空的管道来回奔忙
这是另一种量子纠缠吧
众生缘于因果
万物归于科学
须静心凝神,倾听自然之声

当浑浊的时态澄清下来
我们错愕之际
热辣辣的重生之门
被正义之手
逐一打开,将昨日呈报给现实
还原为生活的初心

再写还原炉

神一般的机械手,用举重若轻的力
和毫厘不差的精准度
将银色的穹窿,缓缓揭起
仿佛天光大开的界域,擎天矗立的骨架
彰显着技术的陡峭

顿时,外涌的热浪
与一个人内心的热情形成对流天气

闭关修炼的极致莫过于此
炉内一百小时
气体、电流，以及相态变化的硅元素
在一千多度的高温条件下
在常人不可见的地方剧烈运动
所有的碰撞与冲突，从无序到有序
最终归于祥和安宁

如果苍穹不被打开
或许你还可以从一颗星星的瞳孔
瞭望原始的生长与沸腾
有一种反应，叫作分解还原
其复杂的程度
唯有通过想象的方程式才能进行解开

系列

一系列，二系列，三系列
将来还有更多的系列
一起来概括一方地域工业经济的走向
用闪烁银质的光芒
和高度的燃烧，诠释重化工事业的
深刻内涵

厂房，如一行行正楷的汉语言文字
赋予诗意的载体
书写着一群产业工人的历史荣光
更像陈列有序的积木块
凝聚着简单的幸福。蕴藏太多的奇迹
在安静中等待释放

是谁的大手笔
在辽阔的长空勾勒出一道道银色闪电
惊醒了沉积的云朵
高耸入云的冷却塔是它口里的烟斗
面对五千亩大地
一边悠悠品味，一边认真丈量

我所在的工厂，真的像一名钢铁巨人
矗立在绿色的大地
稳重，时尚，而且环保
心脏是充足的动力工段，血液是炽热的介质流
它胸襟辽阔，步伐坚实
马不停蹄地领跑一座城市的春天

追光者

历史，苍穹一样，深邃浩渺

漂浮的炽烈星球,不过是沧海一粟
但它赐予人类的光芒
能量之大,超乎想象的极限

从它出现开始,人类对能量的追求
就从未停止。1964年
群山苍茫之间,矗立的厂房群落
肩负微电子信息技术自主攻关的追光者
——代号"七三九"

硅,大自然存量最多的元素之一
每一颗砂,都像一枚刚毅而方正的中国文字
都在沉寂中呐喊
亿万光电粒子在多相态的流速中转型

异邦的私欲与偏见,封锁了技术通道
中国科研的舟舰在探索中行进
比起北半球
我们的黎明被黑夜整整延迟了十年

十年不晚。之后的十年、二十年、五十年
我们始终在以追光者的名义
告诉所有热爱光明的生灵
世界的格局正沿着一种笃定的信仰改变

炉火

热爱，源于岁月燃烧的激情
持续吸纳、吞吐大地无私赐予的养分
化合分解成旺盛的精神力量
大批量的微粒子
在光芒的整合下沿经脉源源不断地输出

每一座胸腔
都是一个巨大的正能量的源场
都是循环往复的生态域
每一颗匍匐或者仰望的金属或者非金属
都深怀感念之心

每当傍晚时分
星辰带着一丝倦意归寝
他们，还有八小时外的梦需要续写
当太阳调度活跃的部署与随从闪亮登场
一个个热泪盈眶

单晶拉制

不放纵分子原子电子粒子自由散漫
必须有序组队集合
必须思想纯正
必须沿正确的路径生长
必须成长为不含任何杂念的单晶质

拉制工,我亲密的兄弟、同志和战友
心细如发,言行一致
始终如一地坚持着职业信条
那就是把梦想拉成高精度的行为准绳
穿过生活的针眼

他们,珍惜每一次际遇
珍惜一厘米长度的百万分之一
小心翼翼地呵护着每一根硅芯的生长
生怕一个微小的疏忽
就耗完了他们一辈子的光阴

巡检工人

有男的,也有女的,巡检工没有性别
没有年龄界限
只有一种特征相同
举手投足之间,透射出严谨和细致
以及"一颗保持冷静的心"

把望、闻、问、切的中医原理搬到生产现场
把温度、湿度、压力等各种参数
记得滚瓜烂熟
善于透过表象看本质
更善于从微观中辨别出大趋势

他们,是最实在的艺术家和哲学家
是朴素的工匠
是不善言辞的语言大师
长年累月的逡巡
练就了他们独立的品格和爱的敏感度

熔炼

排着队陆续走进熔炉的物料
都是阳光的子民
怀着稻草的朴实,身披泥土的色彩
握手、拥抱,彼此交换身体

它们兴奋地燃烧,发出绚烂的光芒
火焰先是淡红、然后深红
然后又淡红,最后渐渐成为银灰
从炉内走出时,它们像完成学业的学子
一个个容光焕发,内敛而成熟了

它们要去大海,抵达阳光最后的熔炼炉
手挽手站成一片天空
骨子里充盈着燃烧的温度存量
平静的内心里,掀动着蓝色风暴

当我看到这一切,我才猛然明悟了,
生活也不过如此辗转往复
而每一次人生周折
无非是从一座炉倒入另一座炉
去粗存精的熔炼

聚合车间

这世间有许多电子、粒子、高分子
我们的肉眼看不见
必须借助第三嗅觉和思维的瞳孔
必须加持智慧的滤镜,和智者的情怀
方能看得清楚

裂变。聚合。不是凭空臆造
一切原料,无论什么颜色,液态、气态或者固态
最初都来源于泥土
它们在一种神秘力量的助推下
进入紧张激烈的时空

在我看来,聚合车间是一所哲学殿堂
聚散离合只是一种相对运动
分分合合,合合分分
就构成了某个时代的精彩绝伦
而无数次壮烈的撕裂,只为一次完美的团聚

在化工厂,聚合车间是一座正能量的反应堆
热能加速了空气的流动
负载水的气体在阳光下变成了云朵

云朵依恋着烟囱

而高高耸立的烟囱，昭示着大地的执着与挺拔

严建文的诗

严建文,诗作在《诗刊》《诗歌月刊》《星星》等刊物发表。著有诗集《旅行者》《风中的行者》。

万吨压机上梁之日

只有钢铁的碰触声才让我感到温暖
那铿锵有力的,融化这个冬季
只有劳动后的微笑,才能
安慰我的疲惫。这微笑是节日的花朵
我要把它们送给每一个人

他们的笑脸如此珍贵,由万吨钢材铸成
里面有一万吨智慧和汗水
我要送给爱我的人……
此生,我还有许多要送的人
他们收到这花朵,就是收到整个春季

液压机

在天之下
在我之上
不会屈服的身躯
无论多么伟岸,也要高高抬起
用线切割落下你曼妙的体格
在飞溅弧光中用火铸就你的体魄

数控精准到纳米的雕琢
以致你细美的肌肤
散发出诱惑诡异光褶
所有的液压系统、电机、泵阀
都伺服在你的身体里
欢乐了,巨大力量的源泉
穿上战袍,你就是万机之母
那入海的蛟龙,上天的神舟
驰骋的高铁、汽车
都是你血脉的传承
每一次降临每一个生命的诞生
一路向北

壬寅夏日记

37℃的户外,
太阳发出炙热的光,
铺天盖地的热,从皮肤到骨头
路旁的水池仿佛要燃起来
几个摇着蒲扇的人
在大树下寻找庇护
转瞬,他们就热化了

厂房里,高大的装备

工人们在走动
每一件铁器，骨骼里
散发着火焰的味道
把他们那身蓝色的工装
烤干又湿透
机器在坚守中旋转
如此灵动，宛如灵魂的舞蹈
宛如自由的清凉

天空，密不透风
突然，我听到一道闪电
我知道雨要来了

二月的思念

转过那个山口
就远离了这个小城
远离街道上的树，三楼的窗口
那窗台上晃动的花朵
回头看一眼，只是那条低眉呜咽的河
穿透春天的草丛，唱着古老的恋歌
这是一条漫长的诗，每一滴流水
就是一颗词语

我终究是一个远行的人
不是孤单地行走，因为我带着河流
带着诗歌的灯盏
里面背负着沉甸甸的机床
钢铁的棱角，一台机床的山水
这是我岁月的颜色
还有谁在路上，披着锦衣
还有谁在二月，让钢的旅程
索然无味

一切终会褪色
当你走在山间，拥抱着春天
你乘坐的云朵悠然而过
一切都是静止的，只有我在移动
我隐隐听到机器的轰鸣
它把我拉回了归途，拉回一场会议
拉回一杯茶的温暖
流遍我的全身

我的机床，女战神

三维设计的系统跳动着
勾画出你的轮廓
我目不转睛，手心发热

是你，梦中千万次相会
我的机床，女战神

我要造一个你这样完美的机床
用镗铣床、车床、磨床、钻床
雕塑你如玉的肌肤
让你在热处理中修炼意志
成为有智慧的精灵
让上梁、下梁，拉杆伸展
秀出你曼妙的身姿
滑块走出的你啊，自由而从容

液压阀，多路阀，充液阀，它们屏住呼吸
静候线缆传来终端的指令
你在数控大脑的指挥下，轻快地舞动
光栅是你的盾
机器人是你的仆从
你从不柔弱
你菊花古剑，英气逼人
你，是我英武的女人

你是我的妇好
每一次出征金戈铁马
你都不辱使命
美丽的压力机床

我的女战神

你一出场

江湖，就因你而沸腾

氢，新能源时代

这个清晨

遇见了埃里克·德维尔

知道你居住在西伯利亚，澳洲

山坡，岩缝和海底

你是人类认知的最轻的元素

点燃后无色，无声，无嗅

最终化作上善的水

那个盗火者

普罗米修斯的火种应该是你

怎能是丑陋的石油，天然气和煤

还有他们燃烧污秽的空气

如今我们找到你

在远古的岩层和你对话

你和水完美地转化

就是上天设计的轮回

你不声，不响，不争的数万年

静守未来

我屏息，听见千年的祖训

大象无形

铸钢件

中频炉缓缓升起
平稳地把彤红的钢水注入坩锅
石棉探针测温显示在 1645℃
片刻的迟滞
滑道，关闸，入位，上档
站上庄严的点将台

所有的模具，模芯整装列队
迎接仪式肃穆的洗礼
不偏不倚地浇铸
在火的沐浴中进行
测重，测液面，控温不差分毫
砂芯和你浑然一体
静默地降低热度
步入深沉大地
当滚道再次提升
铸锭的分离
就是新生的脱胎换骨

申广志的诗

申广志，中国作家协会会员，中国石油作家协会副主席。诗歌见于《人民日报》《光明日报》《文艺报》《中国艺术报》《诗刊》《中国作家》等报刊，入选全国多家诗选集。诗集《不期而遇》《水晶墙》获第四、五届中华铁人文学奖。

第九个黑洞,是黎明

睡得太沉了,以至于钻机戳到第九下
你才醒来。之后,便喧嚣不止
这涌动的语言,只有远去的海能够听懂
只有穿工服、戴矿帽的人能够破译

一切都如此陌生,就像你不理解
大漠上的一粒黄沙、一棵矮草一样
当然,就更不明白
一群直立行走的生灵
为什么,要把你喷涌的夜色涂在脸上
一会儿振臂,一会儿抽肩

蛰伏于那个遥迢的年代
你无法认知眼泪和汗水,但如今
它们已成为地球上最重的物质
哪怕甩下半滴,就足以把你托举起来
更何况,找油人的艰辛与悲苦
早已漫出准噶尔生锈的古盆

八口黑窟窿,像四双不瞑的眼睛
昼夜守候着越发隆起的第九泉黎明

在上亿种古生物魂魄的倾诉中
古尔班通古特，黑缎子的阳光扑簌而下
从那天起，陆梁，这个早已取好的名字
倏然，有了形体和声音

唯有雨水，能够拧开戈壁的季节

仅仅是一场阵雨
就轻易拧开了戈壁紧锁的春季
期待了多年的种子
转眼间，全部醒来
肥了荒原，瘦了视野
采油姑娘的笑声，竞相绽放

飘逝的红蝴蝶
引领着羊角辫的双桅
又翩然而至
沙百灵，织出久违的歌声
群星尚未散尽，阳光已座无虚席
唯有抽油机，仍一言不发
它鞠躬不止，出自感激，抑或祈祷
是谁，轻瞥狼藉的乳渍
以粗粝温暖的大手
频频抚摸着

我毛发稀疏的头颅

远山的雪景
再次挑起湿透的目光
骄阳的纹理
已在枯草上暴露无遗
使劲擦去厚重的漠风
油压表清晰地显示
大地的脉跳,依然铿锵有力
蒲公英的伞兵正在远征

追溯沙漠气田

远隔千里的搏动,深藏万米的喘息
均无法避开钢的耳蜗,铁的指端
一遍遍,听诊把脉。只不过
到我嘘寒问暖的这天,古海床上
谁的毛发,已全部脱尽
眼泪,早就哭干

一向循规蹈矩的地球,自从
被放荡不羁的小行星,猛击一拳
满腹的怨气,持续几千万年
太黑过冷的陨坑里,未曾料想

竟萌发、拔节出我的祖先

他们能驯马、会造船
在占据了山巅滩涂之后
追逐梦想，向太空发射火箭
一部继往开来的文明大典
用奋斗书写，以鲜花装帧
也就承载了人类斗智比勇的三次壮举
砍柴、挖煤、采气
总之，永远甩不掉，也离不开
以食为天的那道炊烟

克拉玛依一号井

"安下心、扎下根、不出油、不死心"
——这句口号，究竟最先出自
谁的嘴或笔，已难以考证
近七十年来，它像一根无形的鞭子
始终促使新疆石油人
忍辱负重、扬鬃奋蹄

从独山子到克拉玛依，也就160公里
一辆"破卡车"驮着36名钻井工
竟行驶了两天一夜。出发前

他们只是接到指令
将踏入一块不毛之地,直至
躯体被十多级大风摺倒
皮肤被蚊子、牛虻蜇咬溃烂
肠胃被盐碱水侵害
导致上吐下泻,才真正领教
亿万年的荒野究竟有多野

不足15平方米的一间土坯房
和一处面积更小的地窝子,挤满了
吃喝拉撒,南腔北调,爱恨情仇
却绽开了一号井,新中国第一个大油田
世界上唯一一座以石油命名的城市

从当初的年产千百吨,到现在的千万吨
当然,还有更多的"一",陆续演进
但我,仅记住
一个人的姓名:队长陆铭宝
一个钻井队的番号:1219

多希望,能把过往的莺飞草长、笑逐颜开
每一刹,都写进诗里
只可惜,历史,早剥落成一棵又一棵
光秃秃的采油树
尽管,伸向它的每一只手,都曾是叶片

白碱滩·斜树林

海水,撤走以后,加依尔山下
上亿年了,连每一粒沙
都是雄性的。幸亏军号、校钟
送来首对夫妻,地窝子里
两枚土豆般的容颜,相濡以沫
而生出的嫩芽,依旧是钢铁
正如戈壁滩,刚栽种的
钻塔和采油树

直到南飞的天鹅,一次次误判
魂断油池。孩子们指着
看图识字本上的绿植
一遍遍发问:这是什么

自此,一条人工河
吐着太阳火,噙着月亮冰
从陈冢新坟旁,呜咽着,流过
万亩生态林,也模拟磕头机
斜着膀,歪着脖
可石油人,已挺起胸,昂起头

风仍在刮,但已收敛了许多
毕竟,春天,踉踉跄跄,来了

因为,短信里听不见哭声

当采油树的根,扎进更深更远的荒凉时
古尔班通古特,扯着沙哑的嗓子
不得不勒令女人走开

从此,五百里以外的城郭里
多了几间微机监控室
石油基地,多了几缕花香、鸟语
大漠的夜幕上,多了几滴星星

当然,每天供给的果蔬蛋肉,包括水
还须到遥远的绿洲去拉
否则,一个巴掌大的栖身之地
怎可能养活近千名气壮山河的爷们儿
所谓的农场、牧区
在这里,只是某种象征和慰藉

住着豪华公寓,食着生猛海鲜
品着异树奇葩,赏着珍禽稀兽
才逗留三日,一股又一股

比沙暴还要狂放的风,在我心中刮起
巡井班驻地
有位手指籍着婚戒的司机
却超乎寻常的平静。只见他
半蹲在皮卡车的阴影处
低着头,不停地摆弄手机

"唉,女人就是女人
才分开俩月,一打电话就号
发个短信,就听不见她的哭声了……"

大泽
——写给新中国第一支女子钻井队

是主动,也是被动。同样是人
不仅,头和脚,让贞节牌坊与三寸金莲
套牢锁紧,就连难以掌控的
一刹那情动,及相思
都必须枯萎在《女儿经》《烈女传》中
千百年来,唯能盯着男人的晴雨表
发芽、结果,王室皇宫,也没例外

最终,她们以红柳枝作笔,戈壁滩当纸
仅用三个月,便识写上千个汉字

十天，学会钻井技术
然后，凿开世界，挣脱出自己

渴了，嘬一嘬浮着油花的发动机循环水
饿了，嚼一嚼风干的馒头，放馊的菜
困了，无荫可乘，只好借换班之机
侧卧于沙包、碱丘，打个盹儿
且不敢做梦，生怕极易松动的螺丝铁钉
乍实还虚，攀上鼾声，坠入钻台
机毁人亡

最大29，最小16岁，总共42个女人
历时三载，打了80口油井
至于产量，诚然，已撬起纯爷们的视角
可那是众多母亲拖欠儿女
所累积的滚滚乳汁呵

半黑半白的原油，半蓝半红的天空
也许，才是克拉玛依、准噶尔，甚至
那个时代，非肉眼可辨的真实色彩

101 窑洞，燃泪的瞩望

三人工作两人干

> 抽出一人搞房建
> ——白碱滩昔日民谣

正如这座"陈列馆"的前世,只差
一场飓风或地震,便会还原为
井场边的沙包和土丘
因此,我没敢追问,老物件的主人
都姓甚名谁,就包括
一副风镜,硬被风沙锉成了毛玻璃
而裹嵌它的皮革,也让汗水
盖满盐印碱戳

从地窝子到平房,再到楼房,无疑
是通向幸福的方位,及节奏
可无限拓展的步伐与井深
一再缩短着,太多生命该有的长度

吹埋穴居,刮翻帐篷
只不过是,司空见惯的陈年往事
并早已从采油树上,纷然凋落
但101窑洞的每扇窗,每扇门
为什么,总死盯着我的背影,不放
都离开百里数日了
仍觉得后肩发热,前额发凉

百里油区

这群身着道道服的将士,刚从长津湖
或上甘岭回来,就奉命穿插到
白垩纪和侏罗纪,赫然打响又一场战役

侦察、伏击、围剿,耗时没过几年
就让宽百里,深千米的阵地,固若金汤
而成群结队的俘虏,都多半个世纪了
仍披头散发,遍体漆黑
源源不断地,从成千上万眼地窖里钻出
以至受降的兵力严重不足,只好委派
机器人大军,全程押解

一步一颔首呵,不知能否彻悟
承载脉跳的勋章,该是奖赏,还是祈福
咋看它,更像一把浸油的钥匙
在打开大地、海洋、天空的同时,也会
反锁心灵。但愿戈壁滩上
那束渴晕饿瘦的阳光,啜饮我的汗血
能够攥住人世间,极易走火的每根钢管
好让春风吹响螺口
奏出风景,铸成永恒

头盔里的春天

百里开外。戈壁怀中
不一定依偎着绿洲,而绿洲膝下
一定嬉戏着戈壁
一群"力拔山兮气盖世"的壮汉
常年面目全非,不吝往返
向生活基地,拉回种菜养花的土壤
更没忘记给作业区
运来填坑铺路的石头

尽管,古尔班通古特,已病入膏肓
但对突兀植入的一小块皮肤
甚至一根毛发,仍会竭力排异
就连浮肿的云朵,平时
都不敢轻易歇脚

在天然气采集或处理站,唯有
春姑娘,依旧摆着风裙,揉着沙眼
把一封封情书,压在砖块下
塞入岩缝里
可,苦心祈洒的一夜喜雨
零星显影的娟秀字迹

不日，便被几双粗粝的大手
统统抹去

不知道，迎我午休的值班公寓
窗台上，几顶装满泥土的报废头盔
移栽，并疯长着的，是不是
那曾挥泪割舍的无名草芥
只知道，这是一处分娩燃媒
又结扎燃媒的地方

夜莺，刺绣风城油田

自嗨互拍的肱二头肌，抖音里
刚被金乌的睡眼收藏，又遭
夜莺的歌喉翻晒
当然，还有书橱中，多种文字笔记
展柜内，各项发明创造
整整一晚啊
均被插满花翎窕翅的广播
宣传推介个不停

没错，疯长着的钢铁森林对面
就是驰名中外的魔鬼之眼
拭目：要油产，还是要风景

该由二零四九年，说了算
总之，坐地环日近二百圈了，雅丹
仍是那艘雅丹
可中国，不能再是那时中国

狂风偶止的今晚，快逐一撤去
恐龙公园防火预警的红外摄像头吧
好让一对又一对疲惫的青春
在慢时光的长条凳上，依偎、缠绵

向东站

二十年的期待与守望，按理说
当时的懵懂，已然不惑
缘何，一谈起石油，平常
蜷缩的鱼尾纹，立刻，便撑开红柳花
这是曾把磨沙的太阳，整天
训得面红耳赤，东躲西藏的一群人呵
自然，每月，也将撩云的月亮
盯出水泡眼、麻雀斑

探亲假一拖再拖，婚期一推再推
甚至，有的，知道自己的孩子
已学会说话，但当面听到

"爸爸"这个称呼时，倒感觉
声音如此生涩、发颤。即便遇上急事
需要给家里通一回电话
山头踏遍，铁鞋磨穿，也难以收到
一个有效的信号，更不可能成全
纵使，只有三两句的交谈

两万六千平方公里的沉积体系刻画
三万一千平方公里的三维解释
千余次老井复查，几吨重的图纸消耗
玛北油田第一站："向东站"
盼来的、等来的、换来的——
是一座储量十亿吨的世界级大油田

许敏的诗

　　许敏，中国作家协会会员，安徽公安文联副主席。参加《诗刊》社第 23 届"青春诗会"。著有诗集《草编月亮》《许敏诗选》。

路过赤峰阿鲁科尔沁旗的一处建筑工地

春天,阳光给花朵让路
雨水给绿叶让路
只有风,用无尽的偏执的爱
一遍遍地擦洗鲜亮的大地

清晨,路过赤峰
阿鲁科尔沁旗的一处建筑工地
我看到一群工人正把脚手架搭上蓝天
这使你突然想起——家乡蹿得很高的泡桐树
和一簇簇点亮檐角的泡桐花
我会情不自禁地屏住呼吸
头戴安全帽的工人悬在蓝天白云上
自信地寻找落脚的注释
这开在异乡的泡桐花
无名的身子一晃就进入我的视野

清晨,多少人需要这样一角天空
洗亮发烫的眼睛
需要一道霞光掘进质朴的生活
需要一间简陋而温暖的
工棚,安置一枚拆迁的鸟蛋

推土机手叉腰站在一堆突起的废墟上
用满是机油的手掀起安全帽的一角
热气蒸腾,我感觉灵魂水汽那般轻盈

春天,路过赤峰
阿鲁科尔沁旗的一处工地
机器轰鸣
我还从未见过这么持久有力的心脏
像生长在蓝天之上的巨大的巢穴
盛满阳光和香气

海上钢城
—— 曹妃甸印象

星河万里,天接云涛——你听到
时空呼啸的声音,震颤,匍匐
沙砾,海螺,不足 4 平方公里的
亘古荒岛,迎来战马嘶
千帆竞,鼓角旌旗
春风自燕京而来催开最新的画卷
请把你的身躯插进祖国蔚蓝的海域
这是海水与钢铁的热舞
在曹妃甸,壮志凌云——勇士的
肝胆映照一诺千金,吹沙造地

精卫填海——血,火焰,汗水
你看到拓荒者最原始的力
拨开云雾,借科技的臂膀
举起一座钢城。5500立方米
的高炉,在蔚蓝色的大海上
挺起中国钢铁的脊梁
这钢铁的肌体——有新工业的
伟力与曙光!这些大型焦炉
烧结机,球面焙烧机,转炉
把大海的波涛装入胸怀
你这只无惧风浪的蓝鲸
正吟诵日出东方的宏伟诗篇
而那些板坯连铸机,热连轧机
冷连轧机,吞吐着钢线上的火龙
年轻炼钢工在冶炼钢铁的同时
也在冶炼自身的品质,灯塔指引
从山到海,一座座炼钢炉
在波峰浪谷间获得新的生命
伟岸,高邈,与云端对视
闪电劈开历史,炽热的
"铁水包"注满箴言——
这滚烫的血气,从石景山下
十里钢城机械的轰鸣,到曹妃甸
航行于万顷碧波,一艘巨轮
矫正自己的航向,以崭新的布局

擦亮钢铁的光芒——隆隆之声
从渤海湾传开,你看到巨轮劈波斩浪
航行在巨澜迭起的潮头
冲过旋涡和密布的礁石,命运
从幻灭的深渊中提炼一飞冲天的翅膀
海上钢城——以史诗般的喧响
拍击时代浪潮,这新工业的金戈铁马
如此铿锵,将芳华书写在浩瀚的卷帙上

晚归的女工

有时一滴水比一条河流
更能让一座城市感动
此刻,这滴朴素得不需要
任何口红修饰的水珠
正无声地在城市的经络里穿行
一双握紧电动车车把的手
刚才还在探测机器的脉搏和心跳
现在,她还不想从夜色中抽身

借助于一滴水珠,她的思绪跳了跳
但还是稳住了现实的脚跟
每天都得消化掉一些机油和乡愁
钢筋水泥的丛林里

不知名的枝丫间已经垒起一座结实的巢
这与乡村窗花上剪出的心事不同
此刻，她更像一株盛开花朵的植物
爱着水，爱着阳光

永远贴紧这座城市温暖而又坚实的胸膛
多么幸福，穿过这段清癯的街巷
婴儿的笑靥，五月的鲜花
她和城市都已蓄满充足的奶水

凝视一台数控机床

她停下来，外表冰凉而内心灼热
足够抵御整个世界的寒霜
又仿佛是——
在低处饮水的豹
并不屈从于河水的流向
从容，机警，有着刀锋般的脊骨
把我一个人拖拽到幻象深处

她在时代洪流里，跳起强度、
精度、速度的
三重舞步，十万马力
娉婷之美，月满人间

她抖落皮毛上的碎雪
星汉的玄妙与浩渺,从大江的
键盘上刮过一阵旋风

她仅是新工业传奇里的工具之一种
却只愿与锋利的刀具为伍
克制,内敛,不动声色
仿佛妩媚之狮——兽中之王
把一生的光芒,都投射到
百密无一疏的技艺里

又一次臻于完美的炫舞,逼近
精度的极限,惊起一片涛声
逝者如斯——她把每一次
工位上的超凡经验
吸纳为记忆的芯片,以闪电的机敏
流星的弧度,诠释
工业浪潮里的现代骑士

我要歌颂的正是这群钢铁骑士
他们如流星的脚步,在
每一名工匠每一台数控机床
具体而微的自我超越中
一步步登上中国创造的巅峰
现在,她们骤然停下的思绪

依然有着锥心的疼痛与战栗

在哈尔滨机电厂车间,我随被采访者
走近一台数控机床,这台
刚刚生育过一台机器的机器,周身
散发着母性的气息,她还
未曾安眠,任风云际会的壮美
点燃内心的柔软与辽阔
那一次,凝视一台数控机床
我见证了祖国春天里的奉献和日出

致中国高铁梦工厂

呼啸因澎湃而生。一柄如霜似雪的
荣耀之剑,燃尽梦幻,一出鞘
便有惊艳之美
撼动日月和山河
明德成器。三条灼热的生产线
一万四千名工匠
投铁入炉——把自己写进
严苛缜密的一道道工序

焊花绽放——流泻的香馨
冗长而精妙的车体

气韵流动
充满诗意——
机械，冶金，电力，电子
化工，通讯，网络
波涛汹涌，30万家企业破浪
前行，听从雷霆的召唤——

深邃的湛蓝！热血奔流入海
置身无边景色的超级工程——
7100个种类，55万个零部件
恒心不辍！伺位如星阵
技术咖的血肉里有刚毅的骨质
把自己铆进0.04毫米的精度内
铆进一条大国之轨的忠诚里
铆进祖国的旗帜里

向心而行的牵引变流器——高铁之心
在飓风的摧折下浇铸意志
这复兴号的心脏
在自主的IGBT[①]生产线上
涅槃重生！而上千吨铝锭
在万吨级挤压机里
塑形，把自己

---

① IGBT：Insulated Gate Bipolar Transistor，绝缘栅双极型晶体管。

投入雷暴。你听到

血,在脉管里驾风驭电
雄浑激荡的涨潮声
迎着激流,梦工厂已跃上
激越的琴台——
五千年的高度,486.1公里的时速
你必须抬高目光才能
和她一起御风而行!东方巨龙
正把她的神迹刻在
中国创造翻卷跌宕的景象里

工业舞者:机器人之歌

从迅猛激荡的工业浪潮中看你
你从来就不是"人"的蜡像
被冠以工人之名,机器
才是你酷而不冷的
属性,在肉体的浅海
钢铁构筑你的岛屿,仿佛
未来的一切都被你攥在手中

我惊讶于你身上的
诸多细节——从不虚妄的巨翼

闪电的触觉，时空的经纬
以及行为的规整，手臂腕的优雅
与精准，厂房里无须灯光
也没有多余的杂音

只有力拔山兮气盖世之磅礴
锻造星辰的意志，以及
针尖对麦芒的精度
这灵魂的工业舞者——
丧失了面孔，手持莲花
穿过风狂雨骤的夜晚
你不会听见血水
时间、肉体与骨头的碰撞

广阔而深邃！一切将与新工业
翅膀抬高的天空重组
——点焊，弧焊
装配，喷漆，切割
搬运，包装，码垛
比如火中取栗——酷热或极冷，对于你
就是一次简单轻巧的炫舞

刚强与柔软——你从两个维度发力
蝶变的天鹅在你这里
获得了一种平衡力

既有百川入海的胸襟
也有芬芳四溢的初心——
在一台一吨负载的机械臂前
我猛地被你钢铁的
意志与大山的毅力所震撼

永不疲倦——走进一种崇高的孤独
一千次一万次的重复，犹如
刚接到出击的指令
利剑出鞘，而非绵里藏针
光洁。幽蓝。此刻我是你的铸品——
是一根什么样的血带
将你我系在一起，让钢铁
不再寒冷，让劳动开花不分昼夜

第广龙的诗

第广龙，1963年8月生于甘肃平凉，中国作家协会会员，参加《诗刊》社第9届"青春诗会"、第9届"青春回眸诗会"。已出版十部诗集，十部散文集，一部长篇小说。

超深井

更深的地下
未知的黑暗中
一定有一口钟
默默攥紧
亿万年的声音

站着的钻塔
高高站着
才有向下的深度
才能把长长的钻杆
一路敲打下去
在层层岩石中
开辟出一条
传递温暖的通道

六千米，七千米
钻杆弯曲
钻杆摆动起来了
钻头像一个钟锤
把石油凝固的钟
一下一下敲响

钟声扩散
那是石油的涟漪
每一圈都在报时
释放出来的
是坚守不变的情怀

塔克拉玛干深处
一口超深井
一次又一次打捞着
丢失的时间并未冷却
喷涌成了
灼热的石油

无人值守

羊群过去了
天上的云朵过去了
安静的戈壁滩
更加安静

四周长满了
芨芨草、柠条、红柳
轻轻摇摆着,摇摆不停

一口天然气井
走到跟前
也听不见声音

橘黄色的装置上
摄像头眨了一下眼睛
一幅春天的图景
在千里之外
如在眼前

热切的气流
像是听到号令
源源不断上升
又顺着一条长长的管线
向远方奔涌

可燃冰

冰与火
也能合体
燃点和冰点
也能交融
曾经奔突的气息
在时间里封存

海床之下
隐藏一腔子大热
任波浪在头顶汹涌
只是抱紧一颗
火焰的心

风暴刚刚过去
大海又恢复了平静
钻井平台上
开凿和打捞正在进行
钻杆在晃动
我没有晃动

浮出海平面
裸露的结晶
渴望抚摸
渴望一双滚烫的手
渴望升腾

长输管道

画在大地上的线条
是粗壮的

经过大山，就穿越大山
经过河流
激荡呼应着激荡

带着石油的温度
来自大地深处，亿万年的梦
大雪落下来
这支长笛
在吹奏进行曲
又笔走龙蛇
抖擞钢筋铁骨，每一朵雪花
在苏醒的瞬间
都能溅起一朵油花

经过泵站
就像血液经过心脏
就像曲折的人生，由低处来到了高处
当班的姑娘
轻轻点了一下鼠标
舒展身姿的巨龙
获得了日行万里的力量

控制中心

挂在墙上的显示屏
把一个盆地
放在眼前
是动态的,实时的
再远的距离
也能拉近,如同身临其境
还能来回切换
一个井场,一个增压站
一只兔子跑过围栏
带起了一股尘烟
一只喜鹊落在了电线上
嘎嘎的叫声,隔着屏幕传来
春雨滴落的早晨
闻到了蒲公英的新鲜
雪花飘舞的午后
油罐车在五号井区刚刚停下
每一刻的石油产量
每一刻通过长输管道
奔向远方的滚滚波涛
都立刻显示
数据在生成,在变化

一方屏幕，一方地理
扑面而来的，是长大的油田
是生机勃勃的油田

石油绿洲

沙子的世界里
水流环绕
才有绿洲

石油绿洲
在沙漠深处
那里没有一滴水
依然升起了炊烟
那里的绿洲
是采油作业区
和炼油厂
是克拉，是牙哈
是勘探图上
全新的命名

来自远方的人
来到无边的沙漠
一串串脚印

就是甘泉
一个个背影
投下阴凉
哪里标记了石油井位
就在哪里扎根

他们用汗水
浇灌粗大的采油树
风沙袭来
他们伸开的手臂
就是屏障
他们的睡梦里
有一座家乡的果园

一个地质专家

从野外回来
一个油藏
从看不见的地下
正悄悄转移
将在他的脑海里形成
哪里是圈闭
何处发生了游移
富集区的位置该怎么确定

烦乱的思绪
像是处于造山运动的中心
重整，梳理，渐渐变得清晰
认识来自一山一水
假设并非凭空产生
油层有多厚
含油面积有多大
肯定先在头脑里验证
才能落到一口井的实处
才会把一个大油田的发现
具体到一个区域，一个地名
而那些突现的灵光
伴随着油浪的飞溅
一一呈现
打湿的不光是梦境
走遍大地
找油的人也在找自己
只有丈量和清点了
每一个隆起和凹陷
画在纸上的曲线
才会和大胆的想法吻合，对应
让埋深三千米甚至五千米的
石油的真身，挣脱构造的束缚
发出惊天的吼声

海外"油子"

在异乡,在异国
荒凉是一样的,偏远是一样的
在戈壁滩,营房围起来
围成一个家园
在无名高地上,钻探竖起来
找油的人,有了一个新地址
撬动着,地宫的大门

夜里的一场大风
吹着石头翻滚
也把思念向远方运送
梦里的呢喃,怎么发出了
这么大的声响

人生经得起颠簸
也经得起钻探
走遍大地的身影
在陌生的版图上移动
停下的地方
白云也像一封
潮湿的来信

图纸铺开，曲线回旋
锁定石油的富集区
一口井打下去
喷涌而出的
是一条站起来的河流
和家乡的炊烟
遥相呼应

沙漠钻塔

死亡之海，风吹沙动
一个钻塔在沙丘间起伏
如同海浪里的桅杆
在孤独远航

刚刚离开的沙尘暴又回来了
钻塔摇晃着
在快要倒下去的时候
又一次直起了腰身

沙海之下，油海汹涌
钻杆在不停搅动，搅动起
沉睡了亿万年的浪花

就是回到野外队，回到我的单人床上
我得到的安慰也是有限的
我有我的命运。我的人生
有这么一段，早就被摁进
这黄土的波浪里，我得用六年时光度过
在山里看井，只是其中的一瞬
我愿意承受，并不时探出头来
吸一口气，再沉下去

沙漠车

其貌不扬的卡车
在沙漠里老虎跳崖一样
在一面笔直的沙坡立住
又直直冲下去
车身没有倒栽葱
我也能按住心脏上的沙包
往上攀登的时候
壁虎那样吸附在沙子的高墙上
一口气就上去了
在沙漠里跑出去这么远
惊险接二连三　因为有心理准备
已经适应了
就像大片里的场景

身在其中，我的表现
如同加了特效

周启垠的诗

　　周启垠，中国作家协会会员，中国诗歌学会会员。参加《诗刊》社第 23 届"青春诗会"。已在《人民文学》《诗刊》《中国作家》《星星》等报刊发表诗歌、散文、报告文学等千余篇。著有诗集《红藤》《激情年代》《鸽子飞过》，散文集《心灵贵族》《动心中国》等。

在大采高下听割煤的声音

一阵压着一阵
好像一个嗓子压着一个嗓子
由小到大,变成轰鸣
让大采高的自豪感油然而生
纷至沓来的脚步,时间的鼓点
开掘的镐头,挖掘的手臂
都有攒动的感觉
动,就在大采高下
一刀煤一刀煤被割了出来
割出这地底深处让我感到幸福的旋律
我只用眼睛在转动
只有心灵贴近这声音,感受一种旋律
这么多的机器,这么智慧化的操作
一个声音一个声音都变成了音符
好像越来越连贯,越来越流畅
越来越近,好像贴着心

下井

沿着巷道,汽车轰鸣

我不用再有什么恐惧,我知道
这是在深入,向地底深入
玩命似的,向着另一个方位潜行
生命向更大的深度开进,必须承认
这是人类的另一种上升
下沉有多久,上升就多么有力量
开着汽车下井
可以自由地想象,还可以唱歌
向煤炭的深处进发
一个声音蹦出来是光明
另一个声音蹦出来是更多的光明
深入,胆子再大一点
就开着汽车下井
在感动的时候,让所有的热血
澎湃出地球激动人心的轰鸣

在黑煤中

在黑煤中,感觉这世界并不缺少白
太多太多的白,仿佛月光
汹涌飞驰,铺成一张白纸
铺入这大地
原来一片茫茫的大地由黑变白
唯有寒夜在不远的地方

仿佛有着回声
仿佛书籍深处滚动的影子归于寂静
仿佛翕动的嘴唇发出自己的声音
大地茫茫的白
原来这煤是黑的
这目光所到之处，都可以白
茫茫的白，是纸
是一沓一沓的纸
一页一页放在一起
码在一起
装订在一起
可以翻开，从一个门走进一个门
没有丝毫懈怠的影子
原来能被风吹动雕刻的名字或眼睛
是那么生动
凸版的印刷术那么耀眼
没有一块煤不是一个生动的字
没有一块石头不是一个向上的台阶
茫茫一片，往前奔跑的人
哪怕喘息都不停止奔跑
哪怕往前涌动也不在乎把这空气
撞开更多的空间
原来这大地是可以昂着头穿过去的
往前穿越，茫茫大地，白茫茫一片
是可以再造的印刷术

可以复制的艺术空间，一直无限

允许阳光倾斜

看得见的倾斜才是真的
一粒一粒，有光在血液里翻腾
一个窗明几净的会议室里
高，大
坐在其中，每一个人都在大地深处
了不起的书页中用地龙在掘动
搅动，飞腾，交汇的一些目光
看见有力量的排比句往前延伸
一米一米地延伸，一里一里地延伸
移动的钢铁有一些响声
再大一些，往前
这大地才能够有更多的动静
大地的书有点重
翻过来一页，再一页
闪电和掘进的人群
不畏惧一切困难，向前
抬头的瞬间，都看见
那么多光明是被开采出来的
坐在桌子旁，一直很安静
内心已经知道

有一点倾斜的光是允许的
这世界,人心一直无限明亮

抛起来的煤块

我似乎听见抛起来的煤块
在向上飞行,一直飞到
不容易抵达的高度,拐个弯
一个抛物线,奇迹般地穿行
所有的日子
在不可名状的地底
带着惊喜和恐惧地喊叫

从煤块飞向煤块
在氧气比较稀薄的地域
从高处飞向低处,迅捷地飞着
一直飞到不能够触摸的边界
一直飞到不能够抵达的极限

我听见这里的所有动作
都带着煤块碎裂的声音
一直在飞
飞到看见人的心尖

站在高原的土坡

头顶是天，脚下这是乌兰木伦河的原野
地球的表层，原来这么凹凸不平

我是刚从地下走上来的，站在高原的土坡
有点飘浮，从远地方看
我肯定是一个飘浮的逗点，或者一个影子
或者一挥手，就有了翅膀，在蓝天下飞翔

这很好，我慢慢向着一个方向走去
拨开眼前的青草和树荫
仿佛这世界有很多充满着光明的门
我可以任意地走进去
我站到最高处，走动的轨迹
一定是不一般的航线
我踩过的煤灰，一点点都没有带来

走着，走着，我听见一棵树
发出加快脚步的喊声
再往前，我发现
整个高原披着头巾，很稳
和我的身体一样，稳稳地晃动

出井

原以为等候在井外的,是昏黄的灯光和黑漆漆的天
一出钢筋混凝土的平硐,原来是一片艳阳天
原来太阳已喷出火

在这抚慰的世界,我接受瞬间热烈的拥抱
我出来了,在天底下,在太阳的光中
把橘色的工作服、红色的安全帽
晃眼的太阳灯取下来,我扑进了这世界

原来这么亮堂的世界
我可以任意晃荡

一块煤的黑如此金贵

一块煤的黑如此金贵
乌黑的眼珠子
一直滋生着热腾腾的气息
戴着手套的手指扎了下去,扎进地底
一百米、二百米,更深处
什么时间,什么地点

一块煤的黑，在手指尖
滑动、转动、滚动，一块煤的黑
从侏罗纪，到碳 –14
谁能够辨清埋没的历史

就用手指掂一掂
一块煤的黑，很重，贵重
原来是这样起着滚滚的浪潮

弯腰的那一刻，一块煤的黑
仿佛澎湃着金子的声音
那种感觉让黑眼珠一亮，更亮
仿佛洞口冲进来的光

早班出发

早班出发，沐浴着整个国家的宁静
高原的宁静，上湾的宁静，出发
一杯柠檬水的香，在弥漫
一个鸡蛋，在舌尖上滚动
让刚刚过去的小家庭生活，被涂上蜜

沿着昏黄的灯光，走着

肩膀上有一些重量
采掘的姿势，隐约的路灯，照出剪影
我看见，一高一低，一起一伏
向熟悉的地点进发

脚步声震动大地，我自己走着
头顶的安全帽、矿灯
腰间扎的皮带，都给了我底气

朝着既定的目标
我从来没有犹豫过

检修时间

磨刀不误砍柴工，检修，停止
轰鸣声在巷道变成往事

寂静中，一些人影穿梭、走动
检修从八个小时变为四个小时
检修故障率低于百分之一

检修工举着黄油枪，仿佛
在机器的深处即将奔赴一线去征战
检修一次，打黄油枪一万次

已变成历史，只需一个按键
所有设备的润滑一会儿就完成

招一招手，检修工不用弯腰就走
在线监测设备、在线点检
乳化液自动检测
在一个带显示屏的操作台前
他们自如地放飞一只矿鸿

检修时间，综采队生产班打破了传统
记忆割煤、支架自动化集中控制中心
三机自动调速
检修工穿过巷道，戴着手套的手露了出来
轻轻一按，一个世纪没有醒来的梦
已经打开

穿越煤坑

仿佛在穿过侏罗纪，奔跑
夜晚的声音和挖煤的声音交织
奔跑，相互穿越，穿梭，被穿透
与煤的气息
由黑而白而迷茫，稍纵即逝
时光，稍纵即逝

时间回来回不来都凝结成深深的矿洞
矿井，到深处和自己较劲的影子显得平和
只是放下了一切，放下了喘息
放下了恐惧，放下了轻松
灵魂在穿越中
仿佛过一个山口又一个山口
侏罗纪的山口
原来有不懈的花瓣在掉落
一些嘴唇，张开，合上，发出声音
以火的速度、焰的速度、光的速度、电的速度
形成多种呼叫，那愉快
那一年和现在，地底和天空交织
煤在被开采，白云在天空飘
矿井越来越深，越走越远
奔跑的声音穿越侏罗纪
仿佛有人说出了请求
慢一点，可以再慢一点
在更远处有更好的回声一直围绕着我们

崔完生的诗

崔完生，中国作家协会会员，中国化工作家协会副主席，鲁迅文学院第 31 届中青年作家高研班（诗歌班）学员。作品在《诗刊》《中国作家》《星星》等文学期刊发表并入选部分年选。著有诗集《挚爱者》《信天游的大地》《所有的可能都叫运移》《前尘》等。

勘探

大地是一块巨石
天空也是一块又一块的巨石

勘探者移动的脚步就是支点
就是天空与大地之间的支点

在手够不着的地方可以追梦
在手够得着的地方
脚就是方向

在人流中微笑就是风景
在荒漠里沉默就是抒情

向天空仰望是为了埋头时不再疲惫
埋头苦干是为了仰望时能有足够的自信

云，一朵又一朵，一片又一片
绵延的是永远望不到边的空间
地，一层又一层，还是一层又一层
折叠的是认识和价值交媾后的时间

烃源岩

远方在脚下,从未出去
密室在地下,封闭沸煮
新生的万物在天空游走
所有古老的,都叫作了石头
高高低低的断层间
沉积着不可窥视的宇、界、系、统
时光经过位移化成了悄寂

曾经与正在探寻的
是陈年的土地、雨水、阳光
是广袤的圈栏、森林、牧场
是压缩的云朵,冶炼的石头
那是一个怎样的远古
在揣度

干柴与烈火可以冰冻
也可以热熔
激情在宣泄或飞扬之前
已经同床共枕
旧景与新梦在母性的宫体内受孕
这些传说

被石头收拢在有温度的怀中

看不见岩石的源
看不见源前面的烃
我们正在确定
烃的中央和四周有没有经过的事
有没有往来的人

圈闭

生存的空间就在身边
工作岗位、家庭住址
旅行路线、朋友圈
还有遗落在世间的痕迹……
这是人生吗?

地层中
可以储集的、覆盖的、阻挡的
都是圈闭的重要部分
它们看不见人间
亿万年前就将规则划定
进来的出不去
出去的也成为新的意义

我在地上想着地下的事情
思绪在颅腔、头盖骨、皮毛间
形成圈闭
我不知道面积、高度
也不知道形态、性质
看见一个硕大的自己
在混沌中将不能识别的天地
当作唯一的空间

油井

管道里流动的不仅仅是水
还有石头中
一种叫作石油的液体
还有你和我

油井就是一条这样的管道
从密集向着广阔延伸
草地到平原
荒漠到高原
那些水丰草美的地方
到丹霞地貌的波澜
都在流动着

因为油井
因为你我
在布局大地新的脉管
黑色的、褐色的、绿色的、黄色的
浓郁的斑斓
也在流动着

这是种子的萌动
是血液的流动
是一种站立的姿态
像伊拉克的爆炸声
像利比亚带着火药的谈判
像叙利亚难民的潮水
这是时刻改变世界
又无法掌控局面的
一只只眼睛

构造图

万物皆有生命
土地、沙砾、岩石
都有年轮一般的表述

我读一张地质构造图

看见图的近视度数越来越高
一会儿清晰，一会儿模糊
图也在读我
眉头的皱纹，鬓角的华发
抽搐的鱼尾纹，哆嗦的手指
应该已是另一张构造图

我们之间有很多默契
断层、伤痕心知肚明
隆起、形态越过审美
那么多的平面与立体
都简化为一张构造的曲线图
那些等高线的标注
和所有经历的得与失一样
远看，分不清正与负

页岩油

这是赋存在血肉之下
骨骼之中的髓
或者骨密度间的钙
它们有形
状如人间万物的形态
这是苍天滤去蓝光与白絮后的尘埃

堆积在眼底
隐隐地还在发光的晶体
冲洗着遥远年代的底片

这是不需要点燃的火
固态液态气态都不重要
渗透在我们的毛细血管中
不需要考证属于动脉还是静脉
默默运移未见的光
在黑暗的深处分身而立
这是那枚途经人间的钻石
寻找切割和雕刻的锋刃
如同我们苛求的爱
伤千万遍还改不了执念

不是过度贪恋人间
只因被禁锢的风云
埋藏多深都是石头的大胆
迟早要在大地留下齿痕与闪电

天然气

天然的水在释放有生的压力
放出气体，迷惑人间

大地的幽禁关闭了我们的认知
深处的黑暗一动不动
将自己冷冻的血浆充盈在泪腺中
让欲望之光升温
然后升腾
我们在切开橘红色太阳的夜里
奔跑着,气喘吁吁
在冬天最冷的时刻
我们的呼吸也会结冰
就像火焰吸附晨露
月光托着旭日
或者怀揣的那些梦想升上天空
裤腿的露珠风干

而我,在写满姓名的纸上
寻觅着天然的自己
除了哭声,再听不见风雨雷霆
除了汗水,再看不见背影履痕

巡线工

把卷尺写成直尺的人在走
把单程写成往返的人在走
在路上

路看不见自己曾经的模样
他的迷惑从早到晚
他的丈量从春到冬
一直在燕雀飞翔的轨道
围着风的刻度在转

是怎样的风在吹
暗流涌动的大地上谁能守着路
把往与返折叠为一条直线
越来越模糊的脚印的上方
花期已不再现
顺着影子的方向
阳光的针芒从西到东扎满身体
没有舞者的聚光台前
没有听众的演出现场
一个人敲着大地
一个人撑着空间
绕过山，绕过水的巡线工
走在路上，走在径上
走在路径的方与圆的盘道
有暮鼓晨钟
他不知在何处抚遍

群山间的油井

山间的路铺着黄色、黑色的地毯
油井上也挂着碧绿的窗帘
完整的大地
在这里只是腿脚相缠的群山
隐隐约约的油井
早已掩住有硫磺香味的泉

在群山间走动
穿越一座座山拱起的旧情
跨过一道道沟折叠的新欢
有窄,也有宽
走着,是一缕绵延的山风
把爱人的气息夹在臂弯
停下,是一支有灵魂的烟花
把开放的山丹丹花送上青天

我把自己种进群山
和油井一起隐入丛林之间
树的葱郁、草的旺盛
都在追问大地最初为何偏爱云烟
冬天,大雪扑不灭的激情

会不会燃烧
来来去去的我们用什么供养
群山之上回头的大雁

如果我老了
就让儿孙们赶赴以后的春天
和春天的盛宴
孩子们的家在哪里
我就在哪里沉潜
等着他们继续向我钻探

沙漠中的勘探者

看天空高过云朵
看太阳大过风尘
沙漠中的勘探者压低帽檐
压低沙粒的梦
压低自己弯曲的身影

我在那年的六月经过沙漠
拾到一节风化了唇印的烟蒂
却不敢捏紧它
不敢捏紧的还有青春
还有逝水在沙海之下

寂寞的呻吟

勘探者已经远行
给我留下一条路
和一座废弃的城
城中的风与物在等一扇门

采油女工

看不见你的羊群
看得见你的发辫
腰肢扭成一条条巡井的路
从眼前铺往山的那边

秋风落地
天上所有的根系都落地
地上所有的眼睛都落地
地下的石油，地上的你
是钢铁扁担两头系着的柔软
日与月的前襟后背
风动成一袭红红的布衫
影子也延长成为一张会飞的帆

院子里的花儿看着看着就谢了

墙外大片的草弥漫着它们的灰暗
只有脚步与香水渐渐清晰
我在某个角落感到孤独和微寒
树的影子远去
连你的影子也带走了
一块青砖脱下苔藓的外衣
与油井做伴
谁的黑发分蘖出几缕白色的丝线
挂在屋檐的外面
让我一个人面对秋风
取一滴石油取暖

女子采油队

小媳妇　大姑娘
守着几座山

白天的阳光是雄性的
闪着眼睛
一顶安全帽怎么也遮不住
内心的羞赧
夜里的月亮也是雄性的
站在窗外
一床被子怎么也隔不开

风声中的冷清

天天通过淘宝进商场
时时可以在微信里进餐馆
一身红装
披上了
就是女汉子
装扮成坡上的山丹丹
脱下来
还是真性情
露出五颜六色的情感
洒下一屋子的梦想和幽怨

忙碌时在井场
风风火火
把活计干完
瞅瞅身边的人
也在告诉自己
美丽可以在力量里呈现

闲坐在一起
三三两两
发个牢骚
掐掐自己看着不顺眼的人和事
其实是在镇静自己寂寞中的慌乱

李长瑜的诗

　　李长瑜，1967年生，河北吴桥人。中国作家协会会员。作品见于《诗刊》《作家》《十月》《星星诗刊》《扬子江诗刊》《诗歌月刊》等，入选多种选本。诗集《在众生中被辨识》入选"中国好诗"第七季。

纳米

众星沉默的时候,你放逐了一颗
石头。而我恰巧
把爱情压缩成了一粒米。
这需要一百万倍。
一百万倍!完全能把一个魔鬼
打磨成一粒细小的精灵。
从而轻松穿越
时间的缝隙。
一台电脑、一部手机、汽车乃至
庞大的工业机器,
都需要这把小尺子
给出间距——
这会不会是物质到灵魂的最后
一点距离?
也许,我们无法以纳米
衡量一首诗的长度和诗意。也许
它真的像一粒米,需要我们
吃下去。

工业母机

刀郎歌唱又鸟的时候,我正在
为机器写诗。我不需要思考
先有公鸡还是先有母机。
而要打碎一个壳,并不容易。
鸡打鸣的时候
很多人假装没听见。机生蛋的时候,
四轴,五轴,六轴
已经成为一种价值判断。
陌生转瞬又熟悉的生活,已经
不能靠又鸟了。
从母鸡到母机,
似乎只是时代的脸微微一转,而人类
已经可以轻轻拍着机器
说一句:去生蛋吧。
或者说:今天生两枚蛋,都要双黄。
那种潇洒,可以看见。
附带的忧伤,却无从测量。

数字脚环

荒原上只有这一棵
孤独的树。为了理解这种孤独

昨天,我们给它植入了芯片。
一只鹰,在不远处的天空

盘旋。它展开的双翼上,有两道
白杠。因为远,我们看不到它的脚环。

那不是和田玉的镯子。也不是
一枚戒指。戴戒指的那只鹰

遭遇了雷电。而我的爱人正在设计一部
游戏。她有足够的权利

让众神仰望。也让我
恐惧。

时间像一根刺

夜有富饶的纵深,容得下梦境。
很多人不得不用药片管理时间。也有人
悄悄将时针,拨慢了两小时。

有人已经能从侧面
卸掉夜的黑。一边在元宇宙中吸粉,
一边跟古老的星座碰杯。而我

正好看看我的机器人妹妹。她
此时正给我端来一杯咖啡。
她比我矮两厘米,肤白,年轻。

机器会笑的时候,人类
并未感到不适。我刚刚拒绝了
Chat GPT 的一个软件,像是

关上了时间的一个小门。
而秒针的嗒嗒声,依然迅疾、尖锐,
像一根刺。

桃花开在左臂

碗口大的桃花!
再大,我会心生疑虑。

我找到她背面的二维码
扫了扫——
桃花,蔷薇科李属乔木桃树的花。
花单生,先于叶开放。桃花的名字
来源于《诗经》的"桃之夭夭,灼灼其华"。
花期3月至4月,目前状态是落花[①]。

我闪送了两桶山泉水,把她
轻轻洗净。用激光熨斗熨平,然后
把一枚药片放入喷壶……
我只等了56个春天,
她就复活了!

桃花复活了,可是
桃树呢?
——我努力上举我的手臂……

---

① 落花的意思是凋谢而落下的花朵。

多像，一截老桩。

量子

经验告诉科学，总是先有猜想
后有定理。这与人们
担心的事情，或者姗姗来迟，
却往往不会缺席
并行不悖。
能够拯救世界的也能摧毁世界，
或许连摧毁本身
也不存在。这并不是一个坏消息，
颠覆光速的纠缠，让爱情
似乎有了依据。
一定有人愿意继续，像打开套娃，
本应无穷无尽。
但普朗克还是找到了一个终点。
像一枚拯救物理世界的药丸，也像
最小的宇宙。
这个宇宙只盛得下一朵玫瑰。如同

玫瑰初开。宇宙初开。

云非云

云不够了,人类无法完整地记住自己。
如同一口小锅,装满
即将爆裂的玉米。
我必须走一趟。拜访燕山、昆仑山,
或者我的故地祁连山。
如果白云的质量大于乌云,
或者相反,
请借给我一半。用以储存
最纯粹的爆米花,或者服务
最遥远的一家人。
我并不是一个喜欢赊账的人,
我愿意压上我的青丝和白发。
我愿意许你
半山杜鹃花。

不仅是

纳米机器人
像一维世界里的虫子,沿着血管
攀爬。它们的任务是

吃掉聚集的胆固醇。同学军的
父亲，已经用神秘金属
换掉了膝盖，以及身体的另一些部分。
更不用说美人的鼻子、胸、臀
里面奇奇怪怪的材料了。
人类已经取得了
上帝的
部分权力。生命的
持续或永生
已经从一个能力问题，转化成
一个道德问题。用不了多久，身体
所有的部分，都可以置换成零件……

——有人庆祝灵魂搬了新家，
而肉身失去的，也失去了
肉身。

劳动节

那时候我跟很多劳动者一样，
常年陪着机器劳动。
机器吭哧吭哧很卖力，
有时哈着热气，有时冒着黑烟。
但它也有不给力的时候。

有经验的师傅听听声音,
就知道它是累了
还是病了。
那我们就让机器过个节吧,
松开螺栓,更换破损的零件,
涂抹润滑油……
我也曾在钢板上打眼、制作漂亮的工件,
在工件上砸上我的工号。
那时我有一个小理想,
就是能够让我加工不锈钢的工件,
这样我的工号就能跟工件一样,
洁净,明亮,长久地
不蚀,不锈。
而劳动节我们通常是不劳动的。
早期只有一天假,而那时我们正年轻,
喜欢睡懒觉,喝啤酒。
后来变成了长假,流行的是
探亲,旅游,结婚。
再后来又变成了短假,
我通常在家陪老母亲。
间或,一边煲汤
一边读诗。

黑洞诗学

早年我以为,地球上的每一个烟囱
都指向一个黑洞。而黑洞
不过是天上的一个深坑。
也有疑问:这个坑里能挖出煤吗?
能从梦中取出一粒火吗?

后来听说这个坑是填不满的,万物
皆可坠入其中。
连光,也会被吃掉。
但它,仍留有一处小门,
一些神秘的物质,可以逸出。
像爱河里的石头飞了出来,像一只乌鸦
通过异境。

戈壁的片刻时光

有些石头闪着奇异的光
像是聚集了某种人们期待的力量。也像是
另一维度遗落的钥匙,留足了想象
但大部分石头,保持了沉默

也会有低矮小巧的野花，吹着无声的喇叭
她们的根系发达，通常能够抵达
地层深处的秘密
这种秘密
是甲虫和蜥蜴们能够听懂的
它们快速跑过午后滚烫的石头表面
在某处细小的阴影里
安静下来
而天上，空虚是蓝色的。翅膀是黑色的
风
有时也是寂静的

雪山之下

巨大的风车，承接了雪山的银色
它的转动或快或慢，总能把一小片光
反射到太阳能光电板上
之于能量，这应该是微不足道的
之于某种联系的不可或缺
一定有着背后细密的逻辑

太阳能光伏板所具有的几何之美
并不挑战雪山的威仪
它们有相似的聚集、铺排、延展和辽阔

这是一种述说,也是一种领受
其实,收集阳光和风
并不比雪山放牧几条河流,更具有抽象性

雪山之下,高速公路和高速铁路
平行地通向远方。汽车,火车,不舍昼夜
载着人和故事,也载着
煤炭、矿石、钢铁和智能机械
而此时,常常会有一些鸟
不高不低地飞过

李训喜的诗

李训喜,1967年10月生,安徽霍邱人。中国作家协会会员、中国水利文协副主席兼水利作家协会主席,著有诗集《谁能把一朵玫瑰举过天空》、诗文集《交叉》、评论随笔集《此心吾乡》。

三峡大坝

这个汛期
人们把目光再次投向三峡
大国重器的宏大叙事
与大自然的鬼斧神工
熔铸于三斗坪的狭长河道
它的身躯深深扎进基岩
具有钢筋混凝土的品质
抵达力学校验的幽深想象
承受历史和现实的双重压力
令神女发出由衷的千古感叹

此时,垂天雨幕裹着群山
苍翠而深沉的低鸣铺展开来
江流滚滚,砾石与河床
在绞合中磨碎白垩纪的
秘密骨粉,如沙似雪
卷走唐诗里的阵阵猿鸣
从指间冲开身体的峡口
撞击血脉贲张的胸腔
仿佛巨浪翻滚的孤寂回响

在数字"水利一张图"上
长江硕大的洪峰缓慢推进
沿着坝前水文尺步步攀缘
黑天鹅的双翅拍打水面参数
试图纠正流量方程式的误差
巨型闸门在调度系统里启闭
将叙述节奏掌控在库水位
涨落平衡的区间。语言已在
洪水的裹挟中精疲力竭
在消能底板上层层堆积
犹如河流揉碎后的气息
更深的事物我们无法探视
只能留待大水之后的考证

仿佛英雄的骑手驯服烈马
三峡大坝抓住洪峰的缰绳
轻拍跳跃的前鬃。洪水在
挣扎中慢慢复归于安静
婴儿般发出轻微的鼾声
飞鸟在那里盘旋低回
恰似云霄间波光粼粼
从泄流孔喷薄而出的
七彩江练，携带源头的
回望和时代的强音
过荆江下洞庭

经武汉走大通
送去对堤防的连绵问候
送去对大海的崇高礼敬

南水北调穿黄工程

过邙山孤柏山湾
南水北调进入历史的关键节点
携手跋涉的江水就此挥泪而别
南岸退水闸将一支水流送入大河
成为黄河大合唱的崭新乐章
更多的水流则在邙山集结
它们将经受穿黄工程的洗礼

在摇摆游荡的河床深处
"奋进号"盾构机穿透
亿万年的淤泥、沙土和
软土震陷后的层层惊悚
铸造了江水北上的段落
预制管片和现浇混凝土
双层衬砌如同词语分工
锚定江水的流速和方向
环向紧箍的预应力锚索
把一江碧水紧紧揽入怀中

再从北岸倒虹吸托出河滩
续写人间天河的故事高潮

翻开《诗经》《楚辞》和唐诗宋词
关于河流的书写汗牛充栋
"汉江天外东流去,
巴塞连山万里秋"
"黄河西来决昆仑,
咆哮万里触龙门"
但是没有一位诗人能够想象
长江与黄河握手的场景
更不敢梦想有朝一日,浩荡江水
穿过李白笔下的黄河奔流不息

从大河深处而来的河流
携带盾构机的温度与韧劲
承载长江与黄河的双重嘱托
翻腾雀跃,向北流去
在它流淌的广袤大地上
绿油油的禾苗一寸寸长高
小女孩的牙齿一天天变白
还有成群结队的白鹭
忘情地嬉戏,溅起朵朵水花

引汉济渭秦岭输水隧洞

这不是《诗经》里的秦岭
也不是雪拥蓝关马不前的秦岭
也不是万仞摩苍黄鹤难飞的秦岭
这是横亘在两条母亲河心中的秦岭
这是十几亿立方米江水大军穿越的秦岭

绵延一百公里
最大埋深两千多米
图纸上的数字令人望而却步
岩爆、高岩温、高压突涌水
隐秘的事物包裹着危险机关
打开它们不仅需要巨大勇气
还需要智慧、技术和工具
比钻石还要坚硬的花岗岩
那是地质年代淬炼的结晶
穿透它们就是穿越人类文明
拆轨、浇墩、扎筋、拼模
支洞、竖井、组装、掘进
TBM[①]掘进机的硕大刀盘上

---

① TBM：Tunnel Boring Machine，隧道掘进机。

数十把刀具昼夜旋转不停
仿佛一双双坚硬的手拨开
斑驳幽深的历史，缓缓向前

引汉济渭秦岭输水隧洞
这是科学赋予它的命名
它是水利工程学的传奇
也是诗歌叙述学的创新
我们在操控那些设备时
也是在锻造新时代的词语
改写关中平原的河流史
开拓诗歌版图的崭新意象
这个时代是梦想成真的时代
有的梦想可以乘坐高铁抵达
而有的，必须一寸一寸掘进

无人机巡河

在鼠标设定的航线上
无人机紧贴河面飞行
CMOS[1] 镜头从网格化水域
将浮游的细节打捞上来

---

[1] CMOS：Complementary Metal Oxide Semiconductor，互补性氧化金属半导体。

送入云平台上的数据库
经由软件模型的一双巧手
编写历史和现实的四维场景
在那里，事物被还原
挤占河道的别墅被拆除
有人扛走最后一根檩木
覆土后的堤线蜿蜒排开
初夏的绿柳又长高一寸
燕子在河滩开阔地翻飞
双翅拍打缓慢上涨的河水
码头上挤满忙碌的人群
等待又一拨运砂船靠岸
河流的主泓处有草鱼跃出
但不像是数据库里那条
曾被驳船划伤的胖头鲢
多光谱探测的水质比去年
又干净了接近一个档次
只是总磷和氨氮略有超标
这些都符合专家的预期

无人机还在河面低低飞行
或上下盘旋，或空中停栖
红外镜头、云端数据和后台控制
这套完整的数字系统改变了
人类对大自然的观看方式

它不会面对河流触景生情
在水波上感慨时间的飞逝
或是怀想历史的一叶扁舟
它处理与大自然的关系时
有自己的一套叙事逻辑
它用数据打磨自然的镜子
在巡视河流时也观照自身
在倾听黄鹂歌唱时也聆听
大风从河湾涌起的阵阵低鸣
还有在风中战栗的锥心之痛

数字孪生大坝

BIM①、传感器、探测仪
物联网、大数据、L 数据底板
5G②、云计算、AI③识别、仿真模拟
我们将一座座大坝装进计算机
建造一座座数字孪生工程
在那里，工业文明的机器轰鸣
与农耕文化悠长的田园牧歌
在数字的烈焰里浴火重生

---

① BIM：建筑信息模型。
② 5G：第五代移动通信技术。
③ AI：人工智能。

拥有比人类还要智慧的大脑
以及对大自然和自身的反省
有时，大坝并不能感受身体的
疼痛，而传感器和红外探测仪
能够读懂它们所承受的压力
读出那些隐秘的伤口和疼痛
当远山雨幕与坝前洪峰交叠
压来的时候，所有的数据汇集
在一起，AI 的双眼紧盯着
大坝的血压、脉搏与心率
度过一个又一个不眠之夜
迎来晨曦中袅袅升起的炊烟

数字孪生水网

从长江流域到黄河流域
再到海河流域，纵横交织的
人工水网与数字孪生水网
构筑了这个时代的美丽风景
南水北调主骨架、大动脉
仿佛蜿蜒的游龙向北方穿行
输水总干渠、分干渠
沿线调蓄水库、倒虹吸
浪花在数据里翻腾

数据在江河里奔流
每一条河流都有
数字卫士的精心守护
每一座闸门都有
数字指挥的调度命令
这一对数字孪生兄妹
携手穿过连绵两岸的绿荫
触摸这片土地的心跳与悸动

佛子岭水库

她的根深深扎进亿万年的岩石
她的脊梁挺立在幽深的峡谷
她的双手紧紧地牵着两座大山
她是一位临水照影的少女
有着河流一般的优美腰肢
引来满山飞鸟的频频致意
她是一位饱经沧桑的母亲
有着钢筋混凝土的坚定意志
把一滴滴水汇聚成逐梦的海洋
她用洁净的能量点燃
大山深处的一盏盏灯光
她用甘甜的乳汁哺育着
大别山下焦渴的土地

她是新中国第一坝
她是老区人民绘出的最美图画

淠史杭灌区

这是用三条河流命名的崭新土地
这是老区人民汗水筑造的人间乐园
她有一个水利学称号：长藤结瓜
那一条条人工开凿的河流
宛如春风吹拂的绿色藤蔓
沿着皖西大地急切地行走
那一座座波光粼粼的水库
仿佛时光结出的甘甜瓜果
向世人发出诚挚的邀请
当端午的麦芒刺痛我的眼睛
我看见河流在心底激起的浪花
当中秋的收获堆满谷仓
我听到大地上的瓜果轻声歌唱
此时此刻，我在都市写下这首诗
每一个文字都深感谦卑、鞠躬致谢
向着那里的河流、土地、夜空
以及长眠于此生生不息的亲人

王学芯的诗

　　王学芯,中国作家协会会员,中国诗歌学会理事。参加《诗刊》社第 10 届"青春诗会"。获郭沫若诗歌奖、刘伯温诗歌奖、《星星》年度诗歌奖、《作家》第三届诗歌奖、紫金山文学奖、中国第五届长诗奖、《钟山》第五届文学奖,《诗歌月报》《十月》《扬子江诗刊》《诗选刊》《文学港》等刊物年度诗人奖,名人堂十大诗人奖,《空镜子》获中国诗歌网年度十佳诗集奖。部分作品译介到国外。出版《双唇》《文字的舞蹈》《飞尘》《迁变》《老人院》《蓝光》等 13 部著作。

新工业概念

这蔚蓝的天空下
蒸汽电气信息时代磨亮一片花瓣
物质得以改变　长三角上了百层楼梯
繁荣或透视　几个专用场合短语
勾勒出新工业新的交叉光线
石墨烯　人工智能　量子通信　基因工程
如同几滴明亮的水珠
在一张没有边沿的桌上滑动
并在靠窗的地方移向东方
使肘腕边的世界　图像和集群线条
从临近一切的网络里长出更高一层梯级
走上青天
进入彩虹房间
触及一颗神秘跳动的心脏
感到就是这么一个瞬间
黑色头发的江水开始了一股浪潮涌动
急促一闪的浪尖或涛声
仿佛都在齐口说出有关新材料的语言
觉得一支月光下的花枝
正在树梢爆散星星　螺旋出
移动着

摆动着
引导着的波环
使突出的远眺和美好
有了一种很近的轮廓

蓝调时光

在本地
开发区意思是鸽子　高新区是蜜蜂
携带产业和酿制科技的蜜
特征出色　熠熠生辉的企业放大空间
表格填写空白的叫产品
五颜六色的名称更是一种专利
蓝调时光
复合这一区域一碧万顷的波浪
光点　心脏　金子　转动的精密微轴
看上去都是手指上一只绿环　在变成
地球仪或边际的太空
感到盯住看的地方　不是吸纳
而是前往
是针线穿过针孔的准确无误　以及
敬畏连着敬畏那一瞬间的从容
鸽子汇入世界的天空　蜜蜂没有一只平凡
飞翔的翅膀　几万只翅膀

都是一个圆周
回旋在清晰如刀的光芒之中
漂亮的树　漂亮的万物花朵
一大群
蓝色叶子和蕊苑
似乎完美排列　在一步一步习惯
归类的上升和蜂鸣

两千二百二十一句耳语

我一直幻想
用根缆绳将太空和地面连接起来
把火星月球一切卫星变成有线风筝
牵着它　穿过云雀的全景
带回那里的一根草　一枚果核　一丝风声
让树木和小径　在地球的城市里
靠近一座阳光明媚的房子

我的手指
朝向八千公里的天穹伸了出去
如同一种合成的新材料闪动蓝色微光
在打开寒冷星群的大门时
迅速涌出自然的力量和资源
景象令人激动　躯体成为飞翔的化身

紧跟着的进入或系列操作
手指粘上一粒陨石的沙子　立即出现了
两千二百二十一句耳语
使太多的过去和悠悠岁月
在风筝的翅膀上
有了花瓣的印戳

现在　我的一道目光
是我整个思维的一种运动
更是一根金属缆线连续的更高秩序
记录着我
两次找到的土地

云工厂

飘过空间
云朵系在工厂棚顶　比布幔丝滑
绵延进内部一切看得见的链接体系
完成纤细云丝一样的流程
在那里
工装　上了光电蓝色
键盘线化出制造业的节奏
纹理之间的尺寸精度及编程的动态
发展了特征

如同隐隐呈现　清晰的一片树叶
完美茎脉　从第三次工业革命的宽阔点上
移向第四次工业革命的核心位置
仿佛说明
云上云下的工厂
正是现代人视觉怒放的第五部分
或是一个又一个特写镜头里的脸和洁白牙齿
使微笑和一杯青翠的水
在电脑桌边持续出现银光波纹
而这
或许就是我
以及所有人
一直看着的透亮天空

蓝图

到了互联网深处
量子网络就是世界一道门槛
映入蓝图　像在往更好的方向飞去
想到恬适的退休生活　踏上携程旅途
或疾病的人　躺在 X 射线的 CT 床上
不用再担心黄黑色的电离辐射
知道早期阿尔茨海默症如何揉压神经
怎样榨取大脑的活力和眼珠的灵动

使微波的断层成像
勾画出强有力肌体的癌变细胞
或在更老的时候　驾驶不动车了
坐在自动方向盘前滑行　找到
不差毫厘的泊位
还有喝的水　转身呼吸的户外空气
急待验证的食品包装袋
以及更多经济和国防的夙愿
这些　我知道我们与量子网络绑在一起
梦的纯度正出现地球新发现的一切
并在我的区域或附近
迅速构置出一棵树的扩充状态
让星星的眼睛伸出叶簇
亮烁烁的　穿过
空间
和
空隙

内部源

我轻盈的身体
进入铿亮的工业内部　一只手
光把微电子和集成电路的芯片缓缓拿起
放在一种速度与互联网链接的景象里

看到许多面金属的镜子
自己的形象
有了几分精致
软件如同大脑里的神经
产品寻找的许诺或更新换代的周期
所有尺寸
攥了攥激发的兴趣　适合每毫米感觉
恰好升起的光点像凤凰羽毛一样漫丽　绣在
晶圆的云朵上
精确到了一片树叶的茎脉
使看到的或窗户里的树丛
绒状的鸟多了些斑斓的羽毛
带出枝梢灵动的姿态
这种重大变化　继续变化　视觉连续怒放
工业和生活的两种或多种之间的联系
状态　心灵　思维
初始经历的现在　环形园区
仿佛流畅的空气
都在围绕简捷的节奏
在加宽
领域的边际

元宇宙

这么一个时候虚拟的人间万物
出现　我们以虚拟的现实身份　进入
任意假设的场景　喝那里的水　说那里的话
在那数字物品中列举每一件事并转身
带出的时间和空间
满足没有任何延时的幻想
链接着动作敏捷的社会系统智能系统
从镜像一样的清晰世界中
取出超越宇宙的东西　深度融合
定义的事物回声　以及
经济增强的吸收力
使所有流动的内容通过我们的耳机
目镜变成自己想象的躯体
在一种沉浸　一种体验　一种放松中
群集起更多联结的互联网平台
5G 朝向 6G 旋转
区块链突破光线穿行　所呈现的一切
我们仿佛不在一座城市
仿佛在浩瀚天际的一朵云上　繁星的光芒之间
觉得触碰到的　或说出的景象
都是金色的效率和互动

而我们新得
似乎没有一点影子

工业中心

工业中心
在机械　微电子和数字的规则里
产品与纯洁蕴含蔚蓝色天际的光辉
似乎属于每一个人　属于双手之间的生活
伫立或走动　观看炫目的窗户玻璃
觉得高过宏大厂房的闪耀标识
特别飞扬
旋转起了灵魂
物质趋势升腾延伸　财富走上柔软的梯子
智能在预言的大道上一路探索
触及每时每刻格局　环境
按键的手指
过程像在把一片丛草的地方
变成一天重过一天的金币和钻石
使产业和门类环绕的每一条自动生产线
领悟透电脑的所有细致表达　形成
超越数学和实验性的现代系统
感到紧身的工作服
宽绰的利润

或想象的薪酬　都在现实与梦幻之中
在把日常状态
一点点　一点点
放进操作的行为里呼吸
构成腰姿　脊背　双臂　以及
巨型工厂
树丛的一片繁茂

精密

我的眼睛
寻找自己的脸和形象
在寂寞和惊人的存在中绷紧情感
打磨一面非凡的镜子　雕镂品质
烙上空气一印
知道纯净的一个点或一丝一毫
一种使命　一种状态　一种灵魂意味
计数经历的手指　穿过无数个早晨的夜晚
紧跟上未来的现在　像在关乎永恒的领域
确定的行为和平静　或那无与伦比的闪烁光芒
越过四周荆棘一样流动的眼神
抹掉了任何一缕烟云和痕迹的虚浮
感到正在继续细化的世界
一个零件

一个部件

种种延续的工艺

声誉在深入心境

彼此紧密的联系或情节

一体化的万事万物和渴望都在慢慢开花吐艳

臻于意志的完美

而这一切

正是别人放弃

我要坚持一万年的姿态和耐心

芯片

硅片或芯片

工业魂髓　恰好在手里

像紫蛙和玻璃蛙　跃出一座城市

变成空间里一股拉长的气流

悦人的荧光跳动　激光的意识与知觉

从抽象到具体一点　触及

集成电路　制造应用　纳米　器件物理

融汇一切美好事物和生活的关怀

改变一眨眼的现在

光芒在精确的色彩中形成延伸的术语

替代全部电子元件的功率　功耗　功效

如同一瓣栀子花　弥散芳香

连接通灵的社会　家庭及所有个人的便捷
抓住的每一件事情　每一分钟的价值
每缩小两三毫米的加速交织
环境　年轻天空　昂首阔步的大地
仿佛都已变得纤细
留下了昨天无法留下的密集印记
使动词的芯片
名词的芯片
晶格里一朵朵状态的云
蓝色的金色的橘色的红色的光线
在双重的观察中
变成簇簇温暖的火焰
并在这瞬间　充满了
震惊的闪耀

马飚的诗

马飚,中国作家协会会员,鲁迅文学院新时代诗歌高级研修班学员,鞍钢集团员工,著有诗集《太阳铁》。

一块发芽的生铁

春风有祖国,加上五千年的劲道
——所有细微
为了全世界就足够大,每一个今日
都与未来最近,毕生的向往
沉甸甸的,大地一样飞越坎坷

多少吨山峰
全身心地承担水火
压强一样,让自己更锋韧,舒适的氧
还原给草去艳丽
已获得的石灰一样干净
铁诞生——酒与火
冶炼出钻石,意志里的芬芳
让红土上的雷电丰沛

春风无所不能,光阴是向阳的

生铁发芽,以钢的神态跨越
星空在胸中发热
——激昂大的,向上挥洒
铁的浩瀚,热血是体格更大轮廓

像每个人携带神殿,敬重是永恒的分量

这个春天,嫣红的是铁
焕发锋利的醇厚,学会用不老生长
——轻松是内心沸腾
红土高过旱季,烈日浓的透明

一块发芽的生铁
是壮年,喜逢盛世
春风用经历发电,生铁般年轻

我从不区分采场和母亲

像青草汁喂养的崖壁,光芒
掀开一个早上大小的虎气
上苍俯下身躯
打开
磁选与炼铁
一条河流两个源头

时光是有压强的实在物
母亲和我在一个工厂,人生头尾相衔
从石头到铁,从电到火药,一种禀赋酷似一场深情

海拔,飓风安顿成群峰
采场是歌喉的付出
红色重卡投影里,旱季抬着凤凰花的花轿
妈妈的工龄千娇百媚

火车箱,60吨为刚满月
的铁矿们
汽笛声是大红花,石头也有根性
我揉着眼睛
从火山到高炉,信号旗是小英雄
磨选一度电一个台阶

妈妈选给我的,一点点冶炼出气象
用到骨气的地方,都有她的样子

塔磨机值守

我用诗,把日子的细腻
——韵部一样记下来

多么窈窕,一度电的吨位
是七色的转速啊:落日,一天多出的才干

天,望着我,发深蓝

用云朵自言自语
——安全带系着彩虹结。我要把机壳背面刷完

红油漆,火的香味,似星期日
闪耀
从米易回瓜子坪,给女儿过生日

劳作吧,生活不会辜负众人,在天热起来的11月

值守,类似空旷一个世纪
我望树叶为乐,光线图书馆。樟香在学习色彩
工人不喧哗,机器轰鸣大过山峰

每天与一生多么相似

——深渊如指尖抚摸绝壁
彼此总遇见不同的人,气概会继续
它塔磨光阴
若美抚育苦难
之后的海拔是冰,冷在燃烧,雪花沸腾

在苁苁坪,用烈酒写信,火星是一个品牌
——似盐、像糖,弹掉灰烬一样的雪
那些山峦啊认出我,长得像守皮带的父亲

是的，太阳放纵众多儿女：高原、尾矿库、磨选车间
比我行程满，道路似飞起来的宽厚

相信大地是一切奇迹
——劳累在活下去
唯手中诗篇，可抵万顷风光

女地质工

给每个人一块土地，像天空是万物的
——峰峦，隐身于黄草
声声不断的虎啸，贵金属一样闪耀

天性在天空下丰沛，我是地质工
——向群山，寻找自己的门类。

发现绝壁中的良种，对石英岩，仙女一样地沉迷
比一天的劳作，还要重
荒凉，是大地的赤诚，人类啊，用石器、通电的钢铁
也不过时间的农具

小城周围的山势，是上苍珍贵的花纹
安宁河送回流逝的烛火
把一切深渊填平，人们不断投入灯影

大水啊,在夜间行走

海枯为山,石烂入水,少一点私心
胸怀——能听见旷野在移动。星球的自转啊,由卑微的
　事物积聚
进入山峦,心底神圣升起
就在世俗附近,海拔似灯盏,拨亮每根骨气

人,面对巨大外界,学会珍惜人世
劳作——可以是寻师问道的形式

用地质锤游走,访山拜水
金属,是一条矿脉之魂,氧化铁、生石灰在太阳下
峰谷如血、如雪,涤荡着世界
神圣一般,庸俗尽退下。

大地奇崛处,我们靠善意通过
山里每次如此,没有平常都是奇迹

观音桥外挂榜乡,时光完整,丘壑浪漫
像一群返回人间的金红光芒
更多时候,我在想,如何把地质锤,还原为荒野

除尘女工

光芒,让尘埃
这最小土地,也遇见太阳神

无数的土,在半空萌发
比亿万年和山脉大,人间隐于其后
浓烈得纯净
——世界由它们构成,包括生死

三月,是旱季。工人们雨点一样
赶赴荒山,哪里红土
正等着被水点燃,万物都隐藏铁
我们要去寻找更大、更多的铁

星辰和整个生活一样,绝壁是打开的窗
比记忆和艺术,更难以捕获的
尘埃有着诸多形状
我要测出它的体重、年龄、姓名
它——变形、多色,轻率,藏匿于我的听力、眼神和
　呼吸
甚至幻觉

一场雨，在收获后酝酿
山黑着脸
一万里的拒绝
风，疾燃着，身材很小
粉尘像喷农药——气温无毒一样炎热
流年不断涌来

取样，更换除尘罩　我享受，这逼近的流失
脚步这么密
明天总是从白天开始
加上这个雨夜，我学会警惕

枯草围困黄土，像山长出火药
油桉用蓬大自救。谁不是一件时局

藏粉尘的试管，像城墙
我是这庞大轻微世界的女王

绘制等高线

多好啊
这世上有风，女工有爱情
出铁，红色教书声。尘世，是上天安静的兴奋，溶解在
　　轨道里，为提速

超重的狂热是电,彩色读音
去树叶上寻找嘴唇
我获得大俗大艳的犒劳

铁皮,回声飞舞,红土经塔吊给月亮输血
荒原感通彻,铁艺的芬芳
矿石发红的获得糖,工厂的重对轻盈敏感

树又用一年把光阴的涂色改过来。
火车是个好帮手,掌控着流速

绘图工的近亲,人工智能
智力多的,重呼啸着
露出花岗岩一样神的身子骨
热带之天地。女工,你在享受人世,可打扮很入俗
她腰存河流,我心生星空
山河浓烈,图纸大的发诗意的光

班长停下挖机。石头们敬畏的荒草沙沙,绝壁向上蹿
履带像一条反复出现的消息
旷野的生活尽体外事物

墨水老得只有灵魂。其他都归还给干活的人
飞蝶式小叉车推着大气压

它的脊梁是上苍的重轨
压力在拉直它。我收腹躲开自己的硬

把数据给我,神说。虚拟的我画虚线
无数的点累出星空的大锤
排土场,元素在生长
铁、铜、镍的花园,上苍将一切放好
像上下班,若鸟鸣粘牢树叶。

女天车工的神圣

遍地重力,人们追求星星
体格被自然放高处,想法节制的浪漫
——女天车工,电磁场在开花

调度室在房顶,上苍方方正正
俗身对应着重物
货量,比十五的月亮升落准确
含盐彩虹,是身旁熟人
驾驶员多的
同名同姓地寻找彼岸

天车轻,像白云
天上的劳动力

机械压强并非淡若花香
一日上百吨位移，迸发幻觉
平行是胶片在录影

多少年后，怀念
父辈保留体力，使用磁场的王者
肉身参与塑造神形
隔着屏幕，我们心灵比劳累还重

天下动情那么大，真实涌来
人像山脉，喜欢聚在一起
山是孤独时，一个人在围观世界

我的体内有座花园
影子坚持劳作，为了色彩

磨选工，一家的光芒

粗粝的管线替我们奔走
高大轮胎，对飞的积累比秒还细心
旭日正在塔吊的臂弯上
此刻适合起风，为早班备足汽水

这一切，比海拔还崇高

妻子是重板工，映衬一切可能
让生活辛苦得繁华
触及她天桥样眉梢
像冬雨总是在草木需要时，潜然而下
又一年里，元月似少女轻声而至

大机器的心与上苍贴得近
世界正亮着，征服山崖，才知江河的深情
把自己的雄心磨选出来
厂房也有幸福的山势，野花逐着新奇
机械的表情里，白马是低着头的星辰沉甸甸得谦卑
近得似不注意的亲人
扶着山脊，在发光的速度里奔走

心跳每一次都经过三个人的头顶

小女儿上大学如寻找铁，龙马一样的山脉之歌激荡
山峦掀动着诗篇梦想啊
永不停息。女儿，元素周期表，你要背诵
铁最为忙碌：艳丽在劳动，电是它最快的身影
安静地惊动一下自己，像100吨的球磨机
亘古般一直优雅
向未来学习眼神
在天大的小地方
深情可以托付。一些时光，使命般　爱我的人纯正

大工业总是矗立着

灵魂，有着自己震惊的高度
工厂是生活的另一扇门，湛蓝磁场

看懂这些，人们奔走
不让秋风凉了热血

似力气自己施工，疲倦是装弹簧的风
蓝工装像没有口袋的天空
每天的班前会，神圣仪式
炼铁，是天堂在地上的部分

一吨火焰，生铁，像撞击声
多么低，从辽阔开始。
小三轮似最瘦的光
重卡，则是负有使命的彩云

仰望啊仰望，就翻越了自己
大工业缔造心存之物
钢，赋予浩瀚以实体

班组的茶杯，一字列

每个工人,有了海的咆哮之力
不锈钢工具箱,闪烁,如在未来
深切的爱——这个集体
就能看见:
线路板的国画上
铜焊点,留白
做记录的长发,如泼墨云端

取出铁,不伤青草,河流如工业的空白
选一位女工当作业长
千万次一个动作——柔情
米易的冬天,樱桃是沸点

心灵,氧气一样多,如长翅膀的盐
火一样越过冬季

梁尔源的诗

梁尔源,中国作协会员,第四届中国诗歌学会副会长,湖南省诗歌学会首任会长。参加《诗刊》社第七届"青春回眸"。出版诗集《浣洗月亮》《镜中白马》《蝶变》。《镜中白马》入选"中国好诗"第五季,获得中国诗歌网"2019—2020年度十佳诗集"奖。《蝶变》被评为"2022年度十佳华语诗集"入围诗集。获得首届"开甑杯"国际华文诗歌大赛新诗奖。被中诗网评为2021年度十大诗人。

加速器

那时，推动一个湾区转动的
是春天的故事
后来，腾出鸟的笼子里
新的翅膀成了时尚的加速器
如今的松山湖岸边
一个匪夷所思的重器
安放在一个梦的心脏里
正躁动着一条奔腾了四十年的血管
奇妙的散裂中子源
潘多拉盒子里飞出的灵光
微观世界的赫拉克勒斯
正在以无比的魔力
推动一个领跑的车轮
负氢离子成了淡雅素食
美丽质子束流
上帝放出的飞鸟
以只比光速慢 0.15 飞秒的速度
在黑暗中朝着原子狂奔
一场顶级的赛事中
用粉身碎骨
验证着一个奇迹的跨越

流星中子雨

0.3 至 0.4 纳米的闪烁
每秒几百米至几千米的身姿
流星雨一般的梦幻
在微观的宇宙中
飞翔　穿越　冲刺
银屏上那绚丽的光束
安放在古老的瞳孔
敏锐穿透过的发动机叶片
给蓝天加固了翅膀
那最小最缜密的心思
焊牢了深潜器的每一张脸
求索的胆量能承受更深的黑暗
爱意浸染了高速车轮
掐指万里征程的应力数据
为时代速度系上保险
……
中子！中子！
中国的"中"　中气的"中"
藏在肉眼后面的国之重器
待飞的湾区
热的版图

就铆足了底气
百年征程的那些坎
围堵的那些墙
梦,都能穿透!

从不豢养神枪手的靶

铅靶,厚重的靶
"铁了心"的靶
它用温柔的原子
迎接一束利剑
拥抱质子的美丽撞怀
神情是无畏的
脸庞坚毅
靶的背后没有高山屏障
飘浮也无须大海波涛
忐忑中从不躲闪
企盼里没有选择
当质子以百分之九十的光速
奔袭而来时
等待已久的箭镞
打开了
魔力都无法征服的心扉
夸克陶醉了

原子怀孕了
顿时分娩出无数的中子
在微观的宇宙中
像银河潮涌着使命的方向
狂奔　散射

靶，丘比特的信物
铅靶，从不豢养神枪手

磁场

活到这把年纪
体内的线圈已接不通正极和负极
骨子里的铁也流失散尽
无论在多大的磁场中
这节快要废弃的时光
都不会有微弱的感应了
但头一回走进散裂中子源
仪表上的指针又开始移动
直线加速器的体温
瞬间激活了年少时
搁在跑道上灼热的血管
挨着高能环形加速器
一股无形的暗能量

悄然打开了体内久闭的小周天
真想融入那舍生取义的质子束
为一头醒狮的狂奔赋能
松山湖的磁场效应
收敛了湾区实验室的高光
虹吸着东南西北的云彩
召回那些西去"涅槃"的凤凰
蛰伏在古老心脏上的超级磁场
让傲慢的心房
有了强烈的震颤

挖掘机指数

从网上走
在云里挖
丝绸中掘出久远的梦
海浪里翻着亘古情
用诗经抒发指数
论语铺垫经纬的蓝图
点开经典的穴位
奇经八脉方显激活的窗口
虚拟的曲线上
箭头一直昂首挺胸
起伏是雪山草地的意象

波峰在临摹王屋太行的倩影
演绎出信念的几何
彩霞托起穿越的底气
挖掘机那昂起的头颅
方显一块版图的倔强
云中的履带
碾压出世纪的路径

起重机的行为艺术

圣荷塞铜矿高举深红的吊臂
地球的眼神集焦着一场世纪矿难
崩塌的腹腔深处
三十三双眼睛在绝望中祈祷
七十米岩层的重压下
求生欲的叠加
是人类不可计量的吨位
坚硬的窒息
通过高昂的吊臂
躁动人类焦虑的神情
安第斯山的光纤
穿过五大洲的跳动的心房
东方巨人敏锐的触角
感应到了那微弱的脉搏

在地域和天堂的隙缝中
玛丽亚温柔的纤手
伸向了那地域的豁口
黑暗中的救赎
让岩层泄漏希望的银河
地壳闪烁着爱的光环
68个昼夜的生死争夺
第一位矿工终于挣脱了司芬克斯的魔爪
阿瓦洛斯和家人的拥抱
让两个半球涌出心的热泪
那台炎黄风骨焊接的履带起重机
用东方的行为艺术
在天涯之国书写出
命垂一线的惊讶

智能黑灯车间

灵魂和肉体
早已从黑暗中逃离
但爱因斯坦的望远镜
仍用"黑色的眼睛"
在潘多拉的盒子中
探寻4.0的光明

在几线自然光的投射中
嫁接的内脏在往复循环
定制的肢体
都在抒写着同一个真理

程序捅开了传统的天花板
数据诡谲着肢体的细胞
颠覆的手挤出时间的脂肪
肉体的卡路里
用键盘分流

玩转黑色的魔方
仓外无数根链条在变幻
当先机崭露出锋芒
一个球将在云端跃迁

黑灯车间，版图起飞的反应堆
时空脱胎换骨的手术室

祖国的眼神

在崇山峻岭的眉宇之间
那只明亮硕大的眼睛
没有冷漠，不显高傲

眼神中储存着爱因斯坦
永恒的猜测

一张编织了几千年的视网膜
抚摸过无数古老的星宿
用积攒了若干世纪的视力
永久释放出
穿透宇宙尘埃的魔力

在浩瀚的平面上
点击一下那颗万能的鼠标
眼光就像一支无与伦比的利箭
遨游在那无垠的梦境
用光年的计算尺
丈量着东方巨人的视野

高铁协奏曲

飞奔的和谐号、复兴号
大地上的金梭和银梭
用闪电交织出梦想
风驰电掣地追逐
一位老人在新干线上
远眺的目光

流线体出没在山壑平川
东方巨人的血管在澎湃
那四十载敞开的胸怀
演绎出东方智慧的吐纳
用自尊孵化出中华血统 DNA
一颗强壮的中国芯，正支撑着
领跑新世纪速度的灵魂

二小时，一小时，半小时
心的半径瞬间缩小
早出的太阳能抚摸到
晚间月亮的鼾声
玫瑰抵达时，花儿正红
香甜的乳汁喂养着待哺的眼神
中秋的月色能按时针画圆
穿梭的琴键弹奏出
快节奏生活的圆舞曲

经纬纵横，编织锦绣
五十六种色彩共绘瑰丽
彩虹钻出山腰飞越高架
山岚揭开封闭的屏障
格桑花吐出千里奶香
摩天楼点走山珍海产

森林举着"韵达"的云
大桥托着"顺丰"的车
一双钢铁的臂膀
抚平人间的沟壑陡峭
畅达的风力图拔掉贫穷的根

梦的触角在向远方延伸
与古老的丝绸和海浪重叠
不同的肤色溶解成一个肢体
东方速度辐射出大爱无疆
每个飞转的轮子,在地平线上
画着命运中共同的圆

我的意象中夹着一台盾构机

铁嘴钢牙在世界的另个层面抒情
混凝土能支护脆弱的灵魂
为穿越孤独的时空
无须在地心中
"用黑色的眼睛寻找光明"
安装一台盾构机吧
那些执着、尖锐和坚硬
能贯通北极和南极的那束光芒
用张力和穿透力咬碎地壳

词语在撑起即将崩塌的意象
那纯洁和真情的管道
能清理暗河、泥沙和碎石
哪怕是在遮蔽的地域
也能重构希望的掌子面
将两根轨道揳入一首诗的喉咙
在阳光的反面
抒写出万家灯火
将一个地名的激情
构思出三维的纵横交错
当一个城市，一座山川，一个海峡的胸腔
被一种宏伟的时尚贯通
那些拥挤的短句
又找到了
一个新的火山口

株洲动力谷抒怀

被一种动力牵引着
两只翅膀托举着
绿色的车轮承载着
来到一个春潮涌动的城市
在牵引　飞翔　奔驰　悬浮的壮举中
一首诗被魔力附体

词汇中已检测到
神农尝百草的气魄
流淌已久的红色基因
将那些引进消化创新的胃口
点燃成新征程的缸体
湘江后浪推前浪的潮汐
成为澎湃永动的活塞
辣椒染红的血性
化成磅礴动力的添加剂
用一个"谷"的按钮点燃激情
在一块芯片的意象里拼接短句
将老化的插头
接入动力谷的功率
能否用这种绿色的时尚
启动一台快要报废的马达

齐冬平的诗

　　齐冬平，中国作家协会会员，中国冶金作家协会副主席。中国作家协会2021年度"深入生活、扎根人民"主题实践先进个人，2022年度十佳华语诗人。著有《蓝色的钢铁——齐冬平钢铁诗选》《齐冬平新诗选》《齐冬平诗选》《未来港》等。

降，一个鲜活的动词

小的时候　眼巴巴地
看燕子飞来飞去　屋檐下筑巢
眼睛是移动的直线　天是一个大锅盖
半个世纪之后　还是眼巴巴地
一个人孤独地前行　望天

寻找了许久马迹山的传说
像小的时候问过妈妈千遍
月亮上真有广寒宫和嫦娥吗
妈妈的微笑总和满月相伴

降是一个鲜活的生动的难忘的优美的
动词　充满生命力和想象
第一站降在马尼拉　岛海相济
躺在百岛沙滩上的感觉
眼睛还是移动的直线　太平洋湛蓝
山海经是在每次降的过程中完成的
马迹山港也是在降的优美的弧度中完成
设备高大　外轮色彩绚丽　矿石五彩
港口的故事　鲜活的生动的难忘的
被后人称道　有一天　有一只神鹰

降在缥缈的岛上　　世代口碑相传

唐朝僧人释昙翼看到了千里马
龙迹的传说在风中飘荡千年
泗礁山似天马行空　　马迹山岛
是飞驰的天马前蹄
很久很久以前　　嵊泗列岛的天空
有仙人走过　　点化平湖中的山
拂去缥缈的仙境　　现代化的海港
在粗壮有力的天马蹄上
在产业工人手里，化为新时代的神迹

第一桩

记得关登甲吗
中冶人的骄傲
第一桩
开足马力
打在宝山滩涂
宽广的土地上

记得宝山钢铁吗
丁家桥
门桩的热度还在

钢铁总厂前
挤满了年轻的笑脸

笑脸逢着笑脸
青春挤着青春
笑脸如度数
青春如模具
盛满吧
朝霞或晚霞
更深露重的
酒滴　滴滴相连
第一桩力
还在岁月中沸腾

距离

距离很近　咫尺
高炉群齐声合唱
就在身边　就在眼前

风声　四季里悠扬地欢唱
一块块来自异国的矿石
在风的吹送下
高炉体内欢歌

一片天
湛蓝延续着
一艘船
蔚蓝延续着

心总是不由自主地丈量着
自己与宝钢的距离

一束光

厂房开阔　一望无边
工人兄弟们忙碌着
无缝车间像是在晾晒
检修似无声中进行
没有了往日的尘嚣轰鸣

一束光　从棚顶落地
光柱在厂房内格外抢眼
静谧的持久的无私的
许是一幕剧的道具　光来
队长望着它　再鏖战几天
便是检修的胜利之光啊
我凝视着它　仿佛听见

忙碌的产业工人的心跳
这束光照亮他们无私的灵魂

沸腾

沸腾的高炉群挤进视线
炉口高昂　白色的烟雾拧结
和着重卡划过的弧线
浓重的噪音如音符一样
挂在天幕上

沸腾是高炉和高炉群的歌唱
高炉有喉有身有腰有腹有缸
钢铁般的汉子一样　巍然站立
够品味的铁矿石破碎、磨粉、烧结
在高炉的体内与焦炭、石灰石相逢
热空气 1300 度　底吹或顶吹
沸腾的节奏在冶炼的脉动中欢歌

高炉的体格厚重强壮　蓝天下
银色的身躯抟云向天　开怀拥抱蔚蓝
抚摸一下古荥镇两座并列的高炉炉基
汉代的风吹过心头　炉体的余温仍存

沸腾穿越千年　穿越高炉的源头
在新时代世界钢铁的中心　沸腾

新时代青春之歌

攀西大裂谷　从天空上俯瞰万里开阔
攀枝花树高大舒展　木棉花火一样燃烧跳跃
天工造物　金沙江劈开群山蜿蜒奔腾
又到金秋时节　山里少年们的笑声沸腾了
像小鸟一样在那棵百年老树上栖梧
集合在攀枝花技师学院　我要学焊接！
少年露出甜美的笑容　手里举着《企业观察报》
师徒仨——大国工匠焊动世界大字闪动着
笑声飞遍美丽的攀枝花城市大街小巷
像艳丽的蝴蝶般插上翅膀　欢快地在
攀西大裂谷广袤的山河中飞翔
大山深处的父母放下活计　开怀地笑了

这是一个收获的季节　世界大赛赛场沸腾了
赵脯菠微笑着走上世界冠军的领奖台
欢呼声中　周树春神情淡定心却飞翔
心潮和秋日金沙江一样奔腾咆哮
像国歌声那样雄壮有力　中国技术工人　雄起

青春是曾正超坚毅刚强的奋斗之歌
是宁显海六年磨一剑永不言败的奋斗之歌
是 22 岁赵脯菠剑指喀山的奋斗之歌
挺拔的攀枝花树下　师徒眺望日暮里
火红的木棉花瓣随风掉落
这一刻　辉煌的霞光回映在他们的脸庞
焊接是一门艺术　周树春第一课的板书齐整
深深地镌刻在冠军弟子们的胸膛
毅力　付出　收获　完美　师父朗朗的话语
敲打过师父的每个弟子　小超小海小菠做出了榜样
怎样的毅力　砖头吊在手臂上　扎马步积蓄力量
怎样的付出　"冬寒抱冰　夏热握火"淬炼青春成长
健步登上冠军领奖台那一刻　国旗在迎风飘扬
圆满的弧光闪烁　缝合上人生的焊缝　心灵里存放

蓝蓝的天上白云飘过　青春在歌声里成长
放歌新时代吧　我和我的祖国
在大凉山深处　弯弯细长的山路上
他们都是大山的娃儿
曾正超在歌唱　宁显海在歌唱　赵脯菠在歌唱
抒怀青春之歌　声音脆成嘹亮
在师父的率领下　他们南征北战舞动焊枪
"一带一路"沿线项目上　激情饱满斗志昂扬

攀枝花是一棵树　攀枝花是一个村

攀枝花是一座城市　　木棉花开美轮美奂
周树春是孩子王　　周树春是攀二代工人
周树春是先生　　金牌教练　　追梦路上功勋卓著
一条青春路上　　周树春靠奋斗洒脱走过
于是有了大山娃儿们的美丽梦想
树春先生说　　西部铁军就是我人生中的木棉树
于是那棵百年老树上便有了世界冠军的传说

吴才华的诗

吴才华,从事城市经济研究工作。诗作见于《诗刊》《诗潮》《诗歌月刊》《作品》《飞天》《湖南文学》《特区文学》等刊物,有诗歌收入《中国现代主义诗群大观》《中国工人诗典》等选本。

城市之光

一挥手，就铺开一湾春水
水下万里奔赴的河
就成为一座城市吞吐风云的大心脏
太阳能，穿过巍峨的写字楼群
垂直的印钞机，拔节生长的繁华
闪耀赛博空间的几何光影
魔性造型和科幻色块
金属时尚，像激情与梦想的强磁极
饱满的事业线，沸腾的流量
在国贸城、农商银行、台商大厦的按钮中
一触即发，如时刻发射未来的火箭
多少数据要素、设计图纸
资金、订单、工业材料
流水线上芯片、轴承、电池模组
市场指数，都由火箭的烈焰
带着飞，多少人身披算法虚拟的釉色
在互联网，在电子设备上奔跑
背负锃亮的铁，在云层、林莽、群山奔跑
奔跑，是一个生命的荣耀
是一座城、一颗星体的核能量
如同此刻，万道霞光

在智慧街区和财富广场上疾驰
青少年宫和市民办事中心
也张开奔跑的势，融入光的进行曲
入夜，山呼海应的灯光秀
明亮的音频，接力赞颂
这澎湃的春光，夜以继日地跃进

在集成电路上快马加鞭

以扬起一粒沙子为号
我纵身上马，冲向烽火狼烟

一沙一世界
在两千摄氏度的围堵中
提炼超高纯电子级硅
历经粉碎、精馏、还原
涅槃重生的晶圆
镜面锐利的光焰
如同复兴路上奋不顾身的奔腾

千军万马，纵横于方寸之间
锻铸电子设计的利器
谷越深，山越高
扛起数百亿晶体管

如扛起巍巍昆仑
用顽强、执着行进的电路
修筑一层层栈道,穿越咽喉地带

光刻与刻蚀,刀法精准
工业科技的尖峰上闪耀极紫外光
举国体制展开飞翔之势
积蓄破竹的能量
锋刃上,安全和利益自主可控
一往无前的金属
反射凿开壁垒的闪电

极小,却极大
在风云跌宕、背水之战中
让我们快马加鞭

增长极

我看见崇山峻岭拔地而起
在一座城市铿锵有力的经济版图上
夺目的火焰在燃烧
生产力喷涌的岩浆在脚下

科技创新打开全景视角

我看见一座座大科学装置虎踞龙盘
用数字密码和脉冲曲线
击发电子、质子、中子光速飞行
想象巨型魔兽的能量
洞穿物质世界的黑暗之门
向前一步海天辽阔
我看见孵化器和研发平台
在巅峰对决的刀刃上
放射金色的光芒

河奔海聚，我看见产业的集结
电子信息和智能装备
精密机械和新材料、新能源
强盛的制造部落
一路追逐彩霞满天的方向
GDP[①]之美在于串珠成链
巨大的花环像铺展在大地上的勋章
绿色、低碳的生态
锤炼经济的韧劲和质感
高质量发展递出自豪的名片

我看见大型企业、总部基地
势大力沉的精锐之师

---

① GDP：国内生产总值。

在经贸前沿、国际商战中纵横捭阖
灯塔一样的工厂，屹立于蓝海
引领日月星辰在天空的奔跑
请感受资本涌动的宏大气流吧
独角兽、小巨人跃上云端
创业者纷至沓来
这增长极，舞动沃野千里
沸腾了锦绣河山

工业母机

携一身锃亮的刀具
伸展敏捷、强劲的手臂
握紧精密的拳头
一袭铁甲，站在中国工业的生命线上

多刃的刀具飞旋起来
铣掉一切难点
刨刀锐不可当地推过去
削平复兴路上的障碍和壁垒

冲压、剪板、折弯
把刚韧的金属
拉伸出完美的造型，锤炼成可用之材

如同我们运行在祖国的底座上

国产替代擘画伟大梦想
自主数控系统
五轴联动高端数控
布下机床之阵，崛起逶迤的山峰

航空发动机的叶片转动蓝天辽阔
潜艇的螺旋桨推进岁月静好
纷纷的转子、曲轴
掀开机器沸腾的世界

一粒电子的振荡

一粒电子隐身于一群电子中
一群电子和 N 群电子隐身于导线中

像哲人沉思，藏着秘密的金属世界
实心的管道藏着宽阔的河流

电源开关闭合的时刻
如雷电爆发，提供天象变化的契机

暗物质组合的电场，霞光四起

极端的速度，传递披荆斩棘的能量

一粒电子的振荡触碰另一粒电子
一群电子的振荡，触碰另一群电子

像接力跑，像推倒多米诺骨牌
像水波涌动，激起千里之外的海啸

机器轰鸣。滑行。又猛然止于
开关断离的一刹那

罗鹿鸣的诗

　　罗鹿鸣,中国金融作家协会副主席,中国诗歌学会常务理事,中国作家协会会员。在《诗刊》《人民文学》等国内外报刊发表诗歌1000多首,作品被《新华文摘》《读者》《中外文摘》等报刊转载,出版诗集与报告文学共15部,主编诗歌、金融文化为主的图书80余部(卷)。获第八届丁玲文学奖一等奖、首届中国金融文学奖一等奖、第六届中国长诗奖等奖项。

愿东莞，万物各得其所

在熵的世界里，寻找有序
热寂来临之前，走出流水线
让机械手臂拥抱一片净土

那是一座繁茂的鲜活的森林
乔木、疏林、灌木互相扶持着
迹地与苗圃也有扬眉吐气的空间
大地之肺为千万居民输送动力

一片片湿地助推海绵城市的诞生
湿地平静的鼾声在皎月下响起
彩鹬的造访成为这个冬天的新闻
森林诗歌节搭建起人与自然的阶梯

银瓶山脚下，谢岗镇的乡愁萦绕
谢家宗祠、罗家宗祠的香火依然鼎盛
工业升级中，拓出一条绿色的通道
联结着乡村与城市、炊烟与白云

这座城市熵情正好，适合生长繁华
无数人的渴望，在这里生根发芽

一边是熵的式微,一边是墒的酿造
以智造的力量,延续乡愁的甘醇

在这片土地上,土体、水体健康
气体与温室效应科学共存
负氧离子消解着心灵的焦虑
脉络里流淌着新工业蓬勃的基因

世上本没有净土,我们仍不放弃寻找
水网、路网、气网、光纤网不能网网打尽
麻雀有麻雀的领地,红隼有红隼的天空
愿东莞,万物各得其所,各就其位

蝶变:工程机械之都

从屈原、贾谊、杜甫文字里长出的城市
被马王堆的黄土深埋在地下两千年

这个被日军枪炮刺刀四次寇犯的城市
让文夕一把大火化为搅拌着血泪的灰烬

曾经以轻工业为支撑的消费型城市
如今长出了繁盛茂密的工程机械手臂

三一重工、中联重科、铁建重工、山河智能
蓬勃生长的钢铁藤蔓，都长成了国之重器

不仅伸向五湖四海，不仅伸向欧美亚非
它们的虬干劲枝伸向了天空、海洋、地底

世界上最长的泵车、最能抓重的吊机
还有深海的蛟龙，都从长沙雄赳赳地出征

唯有我的手臂，越缩越短
在机械的丛林下，我得以幸福地安睡

磁悬浮列车，浮在城市之上

悬浮在铁轨之上的，是列车
是一束射入城市深处的光
三千年的长沙，在明亮里加速
来不及回眸，径直奔向现代化的心脏

是凝固的闪电，模仿一条钢铁之蛇
蜕化的皮，搭成铁轨，被桥墩
支得很高，仿佛是很有硬度的宣言
被一个一个的惊叹号举在空中
"锵锵""锵锵"的言说在此终结

磁悬浮的时代无须呐喊、咆哮
悄悄地来，悄悄地去，痕迹
比飞鸟长，比飞机短，比想象
更富于想象。轻轻松松地上坡
轻轻松松地拐弯，没有人类
那么累，没有历史那么多负担
长沙南站到黄花机场，黄花机场到长沙南站
如昼夜一般，来回、往复，以始为终
比"出自尘土又归于尘土"迥然不同
未来之光，悬挂一条炫丽而动感的彩虹
预言的火焰，照亮长株潭的天空

吊塔之问

站在百层高楼之上的吊塔
还能称其为吊塔吗

我怎么看见了一只长臂猿
伸向食物的手臂，在空中
抓住了一团雾霭，狡黠的风
从强力里溜走了，它们
正赶着一团自由的云回家

我怎么看见了一只鹰的翅膀

独翅的鹰也能飞？远方
有多远？远方是何方
以鹰的智慧能否解答
天空，大地与高楼大厦
是如何将旷野与空洞剿杀

我怎么看见了一只欲望的舌头
伸得越长，越感到无力
大楼再高，也高不过珠穆朗玛
窗口再多，也多不过星辰
商品再琳琅满目，也不会
像空气一样，供无时无刻之需

我突然被石榴仙下枣子塘畔
土屋里的一个眼神或一个乡音击中
我瘫痪在除夕的前一天
与一个正被西风吹薄的传统
休戚与共，无须一座吊塔
伸着长长的手臂救赎

黄花机场，天路四通八达

黄花镇的黄花，诗成萱草，乐成无忧草
周而复始的黄花，忠孝仁义，认祖归宗

如今的黄花,开成一个盛大的机场
花朵飞满天空,灿烂四通八达的天路

旭日东升的身躯,挥动霞光的流苏
三湘千帆竞渡,四水百舸争流
一天七百航次,打造世界百强空港
就像人们疲于奔命,不断喂养着欲望

和旭日一起升起的还有什么
一只只钢铁大鸟,比天鹅更白
比大雁更遵守时节,比鹭更虚怀若谷
哦,它们是传说中的鲲鹏吧
这些扶摇青天、日行万里的神器

奔向目的地的愿望,林林总总、千奇百怪
包括膨胀的野心,包括心怀鬼胎
包括商业的速度与效益,当然
也包括人间大爱和奔向家的天伦之乐
也包括与天空、云彩的一万种风情

夜以继日轰鸣的,是一群钢铁大鸟
让嗡嗡嘤嘤的苍蝇、蚊蚋无法藏垢纳污
让澳洲、美洲、欧洲怦然心动,向星城靠拢
世上不存在黑暗,那是因为光,还没有到来
人生也不存在远方,那是因为翅膀,尚未抵达

汽车站，出发与抵达

我们进入汽车体内，汽车进入街道体内
街道进入城市体内，城市进入大地体内
而大地，进入我们体内，互相咀嚼
互相从对方的宽宏大度里得到超生
城乡日新月异，而人性始终泊在车站
就这样矛盾着，我们在大地畅行

公路密如蛛网，供长途客车爬来爬去
在小河里裸泳的孩子，是漏网之鱼
车厢里有波谲云诡，车窗外有思念的人
大路，披荆斩棘，白云在上面盘桓
风雨雷电，止不住欲望的车轮
通向大千世界的路，也通往
千家万户的重逢与别离，前方
有酒旗，有小桥流水，也有墓碑
而欢笑与泪水，正如人生的南极与北极

客车是怀着悲悯的好人，具有老黄牛的精神
道路泥泞、人的愤怒与阳光的喧哗，都能从容面对
城市与乡村，被拉近、推远，又推远、拉近
客车们只认得车站，那是家，安放着一个个心灵

家，也是车站，我们在那里上上下下
如果没有脚踏实地的屋顶，天空也失去意义
如果没有不舍昼夜的奔波，趴在地上的
汽车，与停止飞翔的石头有什么不同

再远的路也是用来行走的，就像雄心壮志
必须得有一座天空，才能安放
一个个的手提箱，也能远走天涯海角
苍穹之内，皆是梦想的出发与抵达之地

漆宇勤的诗

漆宇勤,1981年11月生,中国作家协会会员,鲁迅文学院第34届高研班结业,参加《诗刊》社第35届"青春诗会"。在《诗刊》《青年文学》《北京文学》《人民日报》等刊物发表作品3300余篇。出版作品《在人间打盹》《靠山而居》等21部。

吃煤的人

吃煤的人以深藏于土石里的黑为生
与藏在地下的光和热为敌
每天固定的时间与家人重复告别
如同一场永不回头的出走

在深幽的巷道口
吃煤的人相互说笑着让黑暗缓慢吞没自己
从石头里掏出千年前的阳光
他们毫不在乎这地底下与命运的一次抗争
毫不在乎自己跟生活的一场较量

直到将全部的力气都交还给了大地
从长长的巷道走出，五十个汉子获得重生
即使这样，他们踩在地上还是觉得不踏实
只有这些每天向大地深处索取的人
才清楚地知道：这大地并不厚实
脚踏实地，实地是已被自己掏空了的外壳

挖掘

此前我只知道块煤、粉煤与矸石
只知道巷道焦煤与溜子
并以熟知这有限的名词而自傲
在西山,头顶矿灯的人告诉我造句
肥煤肥,瘦煤瘦,精煤精……
在西山,头顶矿灯的人为煤炭精细命名
像草原上的人鞭辟入里地命名家里的马

向地下深处走的人都曾怀揣本科文凭
他们挺拔的身姿与旧图画里的佝偻形成对比
这也是北方煤矿对南方煤井的一次横向交流
给贫瘠于想象的我描摹新时代矿工的群像
他们在深沉的时间与空间里操作掘进机
精准细致如同穿白大褂的人在完成一台手术

挖掘热量与火焰的人间接挖掘钢铁
他们也挖掘出了史前的历史和地理
挖掘出一整个煤层蕴藏的温度与话语
现在,挖煤的人敲击键盘和推杆完成一切
完成为大国工业熔炼钢筋铁骨的小小承诺

汽车配件工厂

为一个豪华的词语准备每一个细节
准备转子与定子，准备连接线和触控屏
准备轮毂、外壳、底盘……
走进总成流水线之前，一辆车
已被分解成千万个零碎的物件
像宏大的梦想以一粥一饭为基石

这些年，工业园的汽车配件工厂越来越多
也越来越细——像发动机上的齿轮细密咬合
其中最骄傲的一个告诉我：
只做汽车里面的接口，做最大的接口配件商
在汽配企业的人知道自己参与了大工程
却不知道自己具体参与了哪一个部分
不知道流水线上的配件离豪华轿车有多远

只有在配件厂走过完整流程的人才明白
庞大造车计划中"造"字的繁多笔画
有小部分在汽车配件厂工作过的人拥有骄傲
当他有一天乘坐性能卓越的汽车
觉得坐垫下一个细小的圆点特别舒适又温暖
那里有他经手制造的配件廉价却严丝合缝

在物流园

有一天你也会爱上笨重
爱上高大又粗暴的车轮
而另一些人已厌倦江湖
厌倦四十八小时的长途奔袭

在物流公司
九百部货车排兵布阵
无须怀疑的调度员藏在网络与视频里
盯着探头下的远方一丝不苟
远方,远方有即将出发渡重洋的集装箱
远方,远方在不敢合眼不敢接打电话的家里

庞大的背囊里揣着危化品工业品消费品
揣着一个家庭的柴米油盐或一个工厂的胃动力
在物流园,有配货的人装卸的人驾驭机器的人
负重出发者走在规划严密的导航路线上
每一个货运司机都纪律严明
两个小时休息一次绝不敷衍
却赶不走骨子里的疲惫
不,不敢疲惫,疲惫是物流行业的天敌

有一天你也会爱上笨重
爱上高大又粗暴的车轮
使命必达的货运
为一个国度增添加速度

借风的年轻人

制作飞机翅膀的人
相信自己若窃取微风便可腾空
回到村子里,这年轻人向老人解释:
流水线上长出的翅膀不是飞机的一部分
是风力发电机的叶片,风的翅膀

这白色的叶片定将在缓坡上安家
凭借这沉重又庞大的借条向虚空借风
借天地间摸不着的力气生成新力
推动一个世界向前行走
在遥远的高山与旷野,三个叶片缓慢转动
机器的澎湃和灯光的明亮在暗处滋长

制作风力叶片的人,运送风力叶片的人
爱着又烦恼着一年比一年变得修长的孩子
在一层高的厂房里制成 25 层楼房高的扇叶
又在漫长的高速路上小心翼翼辗转腾挪

从此好风凭借力,为碳中和描摹少年般的青云之志
也为赣西乡村里进厂务工的年轻人书写小小的骄傲

印制线路板

纤薄的铜箔板上钻孔
而线路无孔不入
制作电路板的工人按部就班
为一场平地马拉松布设路线和打卡点

他同时也在布设一层又一层的防备之心
等待压合与连通,等待电镀和涂漆
到了此刻,复杂的世界才再次变得简单
让人恐慌的细密微孔已经重新被填充

在工业大道1号,走进电子电路企业的外行人
捕捉到了封装、蚀刻、切割……
捕捉这些关键词的时候,他也同时捕捉到了
制作印刷电路板的年轻人,每一张脸上
都有着印刷好了的神情,或印刷好了的憧憬

叮当作响

吐着火舌的铁砧,火星四溅的屋子,它们同样调皮
叮当作响的村庄是长辈,以雄性的特质施以宠溺

抡大锤的铁匠比火和铁都更坚硬
将大块的铁捶成小块,将方形的铁捶成长条
不要停!继续捶打
将叮当声里的古老村庄敲成钉子尖锐的锥形

打道钉[①]的人熟悉铁的浓郁味道
又暗自得意于打铁所能展现的力量
如同通红的炉火将铁烧红烧软

仿佛昨夜对女人的表态也有打铁般干脆
再多的苦和穷,我们也能用足力气
抡着大锤用铁钉的尖锐扎出一个逃生的洞

---

① 道钉:把铁轨固定在轨枕上的专用钉子。

张怀帆的诗

张怀帆,陕北人,著有"小镇系列"等作品集 12 种。曾参加《诗刊》社第 24 届"青春诗会",中国作家协会会员。

塔克拉玛干

这里，适合白天埋首夜晚仰头
适合一个高僧闭门译经
阿凡提的毛驴，不会走进
岑参的车辙，也只是擦过边缘
这里有牛魔王，但绝不会有铁扇公主
离女儿国，也有几百公里
可是，我竟然来了
一只小苍蝇，也从轮台就跟随着我
在我之前，一个叫余纯顺的人来过
找油的勘探队来过
拉器材的大卡车来过
载物资的直升机来过
掘地三尺，不会见到水
但可能会闻见天山的雪水
掘地三万尺，可能会遇到奥陶系
古生物的遗体
遇到能量爆表的石油和天然气
在我之前，成千上万的人来了
成百上千的石油人居留下来
在塔克拉玛干腹地
红工衣的火苗四处燃烧

抽油气的设备，把亿万年前的生命能量
传输给数以亿计的人
我来到这里，每天都在经受
金沙的洗礼，经受油气设备的震撼
经受红工衣太阳般的热情
这里，是多么不同
每一滴水，都那么清凉
每一声鸟鸣，都那么清脆
每一颗果实，都那么甘甜
这里，是多么不同
每一件物品，都得到珍惜
每一棵植物，都得到珍爱
每一个生命，都得到珍重
塔克拉玛干，我来的时候拖着
一副沉重肉身
我走时，采集了一生的阳光和能量
一粒沙的纯净
一粒沙的质地
一粒沙的光芒
塔克拉玛干
使沙漠美丽的，是那里藏着一口水井
使沙漠更美丽的，是那里藏着一个
大油藏

到库车

一出舱,身上积攒下的水分
就被瞬间抢光
阳光的麦芒,扎脸割面
不可抬头直视一眼
路边的树,保持着风的形状
每一棵都像在挣扎,努力向上
仿佛有铺天盖地的,巨大的
荒凉,罩住我
这便是传说的女儿古国
龟兹,现在叫库车
如果我是那个大唐和尚,被一群女儿
挽留做国王,一定也会犹豫再三
但我很快为自己的浅薄
羞愧!我看到苍凉的大地
走来另一个僧人,粗布衣衫
鸠摩罗什,腋下夹着不朽的经卷
龟兹、凉州、长安
他的光芒,穿越千秋万载
扎到我
我坐在一棵榆树下
一手驱赶饭蝇,一手挑面

内心变得安然,好像成了生活的
信徒

钢板飞机跑道

如果不是亲眼所见,不敢想象
在大漠深处,会有飞机跑道
那些钢板,不是一张张拼接
而是浑身带孔、可以折叠组装的
片状合页
据说,它曾随苏联人参加过二战
又随志愿军支援过抗美援朝
在八十年代,被英雄的石油人
嵌入塔克拉玛干
现在,它就铺展在我的面前
像一面布满弹孔的军旗

这一回,它彻底退休
成为大漠的一个地标和纪念碑
我应该鞠躬致敬,仿佛面对一个
饱经战火的老兵,在暮年时
选择荒凉的地方沉思
而更加懂得人类和平,和
生命的真谛

我坐在灼灼发热的钢板上
眼前仿佛有直升机盘旋
螺旋桨在快速旋转
更远的地方,沙漠和天连接
混沌一片
我好像坐在外星球上,看到
一个不明飞行物
徐徐降落

沙漠公路

除了连着我老家的那条土路
这一条,是我见过的最刻骨铭心的
道路

如果有一个高处,可以俯瞰
它像是塔克拉玛干沙漠黄风衣上的
一道拉链,像是古黄色宣纸上
浓墨写下的
一笔书法

在这以前,黄沙沉睡了
多少万年,大黄风刮了

多少万年
寻找罗布泊的人
渴死在路上
楼兰，已消失了
多少个世纪，只是史学家的谜
和探险家的呓语

我这个普通的人
竟然也一路走了进去
一只小苍蝇，搭乘着我们的车
也走了进去

我走进去，很快就出来
但仿佛有一截肠子
被植入身体

地宝

准确地讲，它的名字叫
扫地机器人
它平时蜗居在我家的一个角落
沉默着，一声不响
等我们外出，它就会定时出来工作
有一次，我中途回家

发现它独自在房子里行走
像一只爬行的大瓢虫
让我想到卡夫卡
它的身子，不断地碰在家具、电器
或者墙上，但始终百折不挠
它看上去在做布朗运动，漫无目的
但仔细观察，又好像在探测、扫描
它有时会钻在床下，找不到回家的路
有时也会被柜子的底部憋住
还有一次，骑在电子秤上死机
它总在收集微尘，或者头发丝
并不断地发射着信号
像一个间谍，装扮成仆人的模样
有一天，它会不会引爆
或者，成为一个飞盘
把收集到的人类的信息，带到
另一个星球

自动驾驶汽车

庄子的鲲鹏，肯定出于想象
真要有这样的生物，也轮不到驮我
老子的青牛倒是不错
但我骑上去会显得太轻

有人会想到骆驼,那个柔软的鞍
遗憾的是,此生我大概不会去西域取经
更多的人说到骏马
可如果手里不提一件武器
看上去就有些滑稽
我能想到最好的坐骑是:毛驴
贾岛、李贺、陆游、苏东坡
甚至张果老和阿凡提
但是,走在城里
粪便的处理会是个大问题
实际上,我能够拥有的最好选择
只剩下:自行车
丁零零,声音清脆而孤单
蓝天下的影子,和耳边擦过的
遥远的清风
直到如今,我都没有学会开车
并且对驾驶毫无兴趣
因此,常遭人嘲笑
总受老婆的怨气
也许我这辈子都不去开车
即便我知道已经有了无人驾驶汽车
也不会把自己的身体轻易托付
它如果不高兴或者稍有不慎
我不就成了可怜的祭品?

孙方杰的诗

孙方杰，1968年9月出生，山东寿光人，山东省作家协会第三、五届签约作家，中国作家协会会员。作品散见于《人民文学》《诗刊》《新华文摘》《诗选刊》《星星》等文学期刊，著有诗集《我热爱我的诗歌》《逐渐临近的别离》《钢铁是怎样炼成的》《半生罪半生爱》等多部。入围第五、六、七届华文青年诗人奖，获中国长诗奖、山东省泰山文艺（文学创作）奖等多种奖项，参加《诗刊》社第23届"青春诗会"。

搬着一块钢铁上火车

我搬着一块钢铁上了火车
火车上空空的
就像我此刻的心。
火车上的风
是无家可归的风。
沿途看到了一些庄稼
和城市里的高楼大厦。
火车过处
枕木间开得更加旺了的野花
有着一种钢铁的俊美。
我怀里抱着钢铁
坐在火车上
火车向东行驶
把落日和我的心事抛弃。
突然,火车在一座钢铁的大桥上
遭遇了颠簸
我手中的钢铁飞了出去
落在铁轨上
清脆嘹亮的声响中
含满了生活的喑哑。

如果

如果大雨淹没家园,我愿意站在钢铁上
如果钢铁生锈,我愿意穿上新衣服
如果你给我一些嘱托
那么,我愿意跟着你翻越作过标记的山麓

如果你对环境生疏,我愿意重新寻找
如果伸手可以摘到青果,我愿意
给你留下桃花的妖冶。如果情欲是一种需求
我愿意静下心来,看美人挥剑演出

如果允许,我在一个小镇上住下来
从此不再出发,如果需要一个铁匠铺
我就再造一座炼钢炉
从此与你一起,心中怀着光明
双臂环抱幸福。

夹缝

睡着了的钢铁在清晨醒来
它的额头上挂着凝霜的露珠

钢铁的睡眠，曾经被万物打搅
曾经被刮过的一阵风带走了甜美的梦

在我喜欢的春天里
它对我的哀愁一无所知

钢厂的凌晨多么碧嫩啊
醒来的钢铁一下子就撕开了
我的小小的衣襟

如同撕裂了我离开钢厂这么多年的记忆
它悄无声息地撕扯着我
把我逼进了一条生活的夹缝

与钢铁一同老去

先是隐隐约约的一个点，被氧化
后是很多的点，似乎同时出现
渐渐地，出现了锈迹的颜色
像是一个人的苍老，脸上和身上
涌现出的老年斑

似乎是一个点传染给了另一个点

似乎是斑斑的锈迹,连成了一片
整个货场,发着战栗和惊慌
时间,散发出了很怪的味道

我始终没有移动地方
黑色素沉积在脸上,并在身上形成
先是一个点,后是一块斑
我在时间中,找不到退路
却看到了终点

钢铁的锈迹,一层层脱落
一层层地脱落,在地上
像一个个鼓起的坟丘
我在一个里藏身,似乎也隐身在了另一个

夜班素描

脾气柔软的刘师傅,总像个大姑娘
性子急的李师傅,屁股底下
总是燃烧着一团火焰
搬着一摞耐火砖的张师傅,双臂肌肉凝结
脚步有些踉跄。在水泵房用餐的
徐师傅、朱师傅、冯师傅,倒上了一杯酒
每人二两。劳动纪律和安全规程

不允许上班饮酒，但似乎不喝两口
干活的力气就不足
而我正在安慰刚刚失恋的小鞠
一个干练的小伙子，在更衣室
他总是将换下的衣服叠得整整齐齐
上班用的工具摆得规规矩矩

吸着赢来的烟卷的苏师傅，一脸的惬意
吐了一个白云一样的烟圈
缓缓地飘在丁大壮的头顶上方
车间主任、工段长，巡视到车间的生产副厂长
关心着生产质量和数量。火焰在炉膛里汹涌
立柱上的标语：多炼钢，多挣钱
令人哑默。有人在乎，盘算着钱度日
有人忽略。炎夏的热和严冬的冷
总是在生活中，迅速地开合
插入转炉的输氧管
传来拔出的声音，我们在炉台上兴奋地喊着
就像蜜蜂吃下了自己酿的蜜

下班了，月亮刚好从轧钢车间
移动到电炉车间的上方，光
正好与转炉车间的炉火相遇。交接班的时刻
疲惫，又显得那么轻松
似乎劳作的苦楚，在这一刻化作了悠闲

我似乎听见炉火对着月亮喊
别站得那么高,转得那么孤单
夜复一夜,仿佛没有终点

咏君的诗

咏君，1967年生于湖北蒲圻县，1989年毕业于大连铁道学院金属材料及热处理专业，从事工业制造三十多年。湖南省作家协会会员。2015年起创作诗歌。

到工厂去

与其在办公室发呆,不如到工厂走一走。
到工厂去,摸摸堆料场的铁锈
看看日晒雨淋后
等待发芽重生的锰钢
照一照炼钢炉前,司炉工
油画一样的脸
到工厂去,摸摸机床的油泵
拧一拧疲惫的螺栓
歌唱之前,每一台机床都要热身
练练嗓门,劳作过后
每一颗螺栓都会松一下紧绷的肉身
到工厂去,蹲下来
闻闻铁皮厂房的四周
那些移植的灌木已不再青涩
也不是山中的模样
到工厂去听压力机沉闷的回响
听一听,摇臂钻床的唠叨
龙门铣床的申诉
那把冰冷的铣刀
曾经误食过年轻技工的指头
到工厂去,感受一下安全帽

帆布手套，劳损的腰
试一试，在天车扶梯上爬上爬下
在像血管一样密布的
风水电气管路中穿针引线
躺在发动机的下面接接地气
到工厂去，探探那些新入职的大学生
瞧瞧下班后，他们在篮球场上的奔跑
就像三十年前的我一样

每隔一段，我都要到工厂去走走
想想师傅说过的话

我用活着来替代形容和比喻

作为一个写诗粗糙的工科生，我总习惯
套用一些公式化的形容和比喻，譬如：
用钢筋水泥来形容繁华世界，用锈和灰
来比喻它的残酷。有时，我也用到植物——
用花的绽放，来形容眼前的美好
用草的枯荣，来比喻过往的幸福
偶尔求变，还会用到动物——
用蝼蚁，形容卑微和渺小
用凤凰涅槃，比喻重生
——如此这般，似乎是中了病毒的冠刺，就像

我们所在的世界，要用好坏形容世道人心
用苍生形容生，用认命形容命，甚至
不惜用稻草，来比喻救命的抓手
而事实上，这样形容和比喻非常地普遍
我也只好学习接受，只能用活着
来替代这样的形容和比喻

在工厂，我只是众多机器中的一款

机器并非想象得那样简单
一块生铁要活下来，需要烧红和锻打
经过车铣刨磨，组装拼焊之后
变成机械的肉体，行走的躯壳
一条焊缝，要在烟熏火燎中
变成骨肉相连的疤痕

机器一旦插上电，加满油，便如闹钟
一键启动，然后投入白加黑的连轴转
这其实也是工厂人的运转常态
在工厂，人和机器一样形形色色
有像油泵一样血脉贲张的
有像齿轮一样咬紧牙关的
有叫苦喊累的，也有负重前行的

与机器打交道三十多年，我见过
工具钢一样坚硬的骨头，碰到过
润滑脂一样腻滑的碰撞，有些境遇甚至
比塑料罐中的冷却液，更憋气，更阴冷
无论如何，我还是像机器一样地挺了过来
在工厂，我算不上厉害角色
只不过是众多机器中的一款
装上刀盘，我会像掘进机一样穿山打洞
给油加压，我会像泵送系统一样翻江倒海
既然是机器，就躲不过疲劳、失效和磨损
闲下来还会生锈，到最后变成一堆废铁回炉

如果将世界比作一台大的机器，那我
只能是小小的螺栓，或无关紧要的垫片
有一点我很明白
就算没有谁，这个世界依然照常运转
每当想到这些，我不仅没有悲伤
反而觉得心安，并且释然

他们也有自己的名字

"我们"只是我和他们聚在一起时

所用的代名词,如同 CAD[①] 标题栏中
零部件的命名和代码
他们也有自己的名字

在产业园区,他们穿同样款式的工装
在人脸识别系统上打卡,就餐,排队
我们用厂牌和头盔上的编号,清点他们——
工号 10425、20613、20809……

机械加工车间里,他们埋头作业像无声的铁屑
在车铣刨磨的声浪中卷曲,起伏
我们用运转的机器,指认他们——
立车阿桂、镗铣阿坤、数控锯钻的老马……

组装台位上,他们卡位准确,像操作规程
那样挥起扳手、螺丝刀、管钳和焊枪
我们用操持的工具,分辨他们——
钳工老贾、电工小朱、焊把子超哥……

下班之后,每当脱掉工装
披戴星光,一起举酒望月时
他们会举起家乡的腔调,道出籍贯和来处——
这是四川的、云南的、河南的、新疆的

---

① CAD:计算机辅助设计。

那是湖南的、陕西的、山东的、湖北的……
他们的口音，就像工装上的 LOGO① 一样
清晰可辨。我们碰杯，畅饮
甚至都无须提及他们的本名

干工程的都知道

干工程的，都知道
路是人走的。
人生，没有捷径可以包抄

跋山涉水的是桥，蜿蜒曲折的是路
桥的下面是沟壑、急流，还有险滩
桥之原形是脚手架，路之初心是一步步的脚印
过了桥便是岸和路。路总要分上坡和下坡
挑起担子才能感受，下坡容易上坡难
这样朴素的道理，干工程的都懂

造房子，修堤坝，建铁路，都离不开
砂子石头。积木形状的是板房，绿的是山
黄的是土，砂子和石头，粒径上仍有不小的级差
若无水泥之养护，所谓平台、支撑只能说是

---

① LOGO：标识。

一盘散沙。道砟石铺完架钢轨,延伸钢轨的
两端是站台,是执子之手,离别,和守候

干工程的都会跟农民打交道,农民进了城
变成农民工,他们在城里种钢筋,砌墙
就像在乡下,种庄稼一样的虔诚

穿山过江的是隧道,摸黑打洞的是机器
盾构机贯通时,农民工看见了光,就到了岸
抬头望不到边的还是天。太阳在白天唱红脸
月亮在黑夜唱白脸,那些施工洞内的白天
和帐篷支起的黑夜,不过是时间洪流
奔涌冲刷的折返点,一道光的两个侧面

所谓命运,尊卑,人间的阴晴圆缺
也只是上天给出的隐喻
是它留在尘世的遗憾,或是安慰

胡金华的诗

胡金华,中国水利作家协会副主席。年轻时常在报刊发表诗歌散文,获《中国纺织报》金梭散文奖,近年在《诗刊》《解放军报》《农民日报》等报刊发表诗歌和散文,获《诗刊》征文优秀奖、水利部征文一等奖。著有诗集《雪落在南方的乡下》。

乡音惊起的西部小镇

蓝天白云下
电厂直达云天的烟囱
将古人的孤烟高高举起
大漠牧羊人遗弃的土坑旁
蓝色海洋的光伏板延伸着草原的梦
废弃的矿井在寒风中颤抖
在羊毛和乌金一样多的鄂尔多斯边塞
一个能源小镇悄悄崛起

谁会相信这里是曾经西去的隘口
前有西出阳关后连塞上江南
曾是我乡人抬棺经历的古道
落日和霓虹灯挂在广袤的大地
宽阔的马路上溜出绵羊
辽阔的广场上有奔腾的石马
西风,偶尔吹送一声呵着酒气的乡音
乌鸦冰凉的叫声
拉长了我内心的孤独和寂寞

那灯光的深处
那些装置光伏板守着发电机的人儿

是否如千里戈壁滩的放牧人

寂寞是被烟熏出的

好远就能闻到烟味
越是劣质的烟越能传播
好像这烟特别适宜于
善于煽风点火的西域风沙
牵住越来越浓的气息丝线
定能扯出一个寡言的灵魂

在西部，在戈壁沙漠
苦恼和寂寞
是被烟熏出来的

大漠里的农民工

飞机上俯瞰
大漠之中有一片一片的黑
反光时像一个一个的湖泊
其实那不是水不是树林
是一片又一片的光伏发电区

车行在连绵的光伏板群
半天找不到尽头
三三两两的装配工守护员
如孤单的羔羊散落在草原

谁知道他们的苦和累
谁知道他们心底的寂寞
这些异乡来的农民工
多情的时候
会把大漠的肤色
遥想成家中女人的皮肤
使劲将黄沙和手机搓出热和电
让看得见看不见的密密麻麻的传输网
给远方传去有温度的思念

站在西部的风中

在西北，不历风沙
长不成一棵树
沙也是风的残余

没有不落叶的树
但落叶不一定在秋天
只是你没有去发现

不变的有风
还有那天边的月
见过了多广的世面
古道和瘦马
繁华和落寂
都在风沙的视线里淹没

今夜，一个进入暮年的书生
孑立于滚滚风尘
面朝大漠
静听神的昭示